http://www.bbulmedia.com

http://www.bbulmedia.com

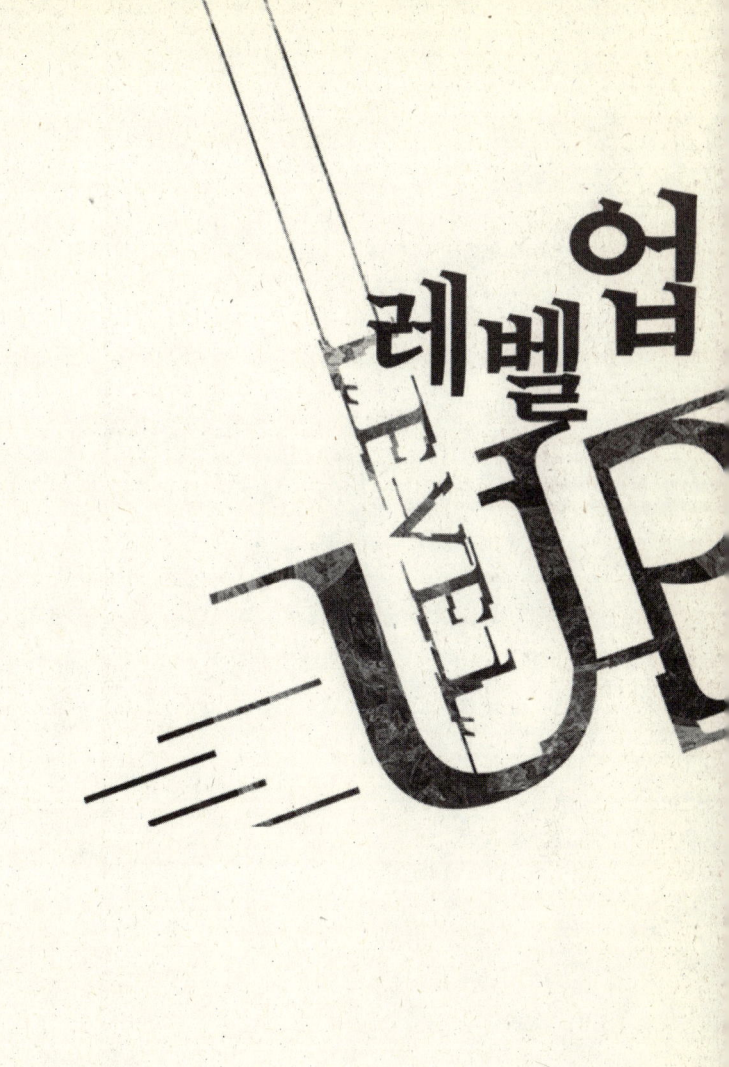

크로스번 판타지 장편 소설

알기로스의 부활
레벨업 6

뿔미디어

CONTENTS

제1장	대각성	7
제2장	다크엘프와 신전	53
제3장	대접전	117
제4장	출현	161
제5장	알기로스 부활하다	207
제6장	방랑자	253
제7장	반갑지 않은 재회	289

제1장
대각성

[나를 쓰러뜨리겠다고 말한 거냐.]

풍왕이 묵직하게 말했다.

"그래, 멍멍아."

그리고 코웃음을 치며 사실을 확인시켜 주는 그랑시엘.

그랑시엘은 풍왕 앞에 모습을 드러낸 채로 미동도 하지 않았다. 호기롭게 말하고 있지만 그녀로서도 풍왕이란 존재는 상당히 신경 쓰이는 모양이다.

은빛 늑대가 그르렁거리며 웃었다.

[재밌는 농담이군.]

"농담으로 생각돼?"

웨어울프의 제왕, 풍왕은 마찬가지로 움직이지 않았다. 하지만 풍왕도 그랑시엘을 얕보고 있지 않다.

잠시 동안 침묵이 흘렀다.

'길군.'

그들의 대치를 바라보던 나는 그 침묵을 이해할 수 있었다. 이것이 말로만 듣던 백중의 침묵(Silence of Dual)인 것이다.

백중의 침묵.

그것은 동방대륙으로부터 기(氣)를 다루는 법이 넘어온 지 300년이 되는 지금까지 전해져 오는 현상이었다. 대등한 실력을 지닌 두 사람이 맞설 경우, 서로의 기운을 감지하고 함부로 덤벼들지 못한다.

그리고 침묵이 흐르면서 벽이 생기게 된다. 그 무형의 벽이 깨지는 순간 공간에 축적되어 있던 에너지가 터져 나오게 되고, 한쪽은 순식간에 열세에 몰리게 된다.

'설마.'

믿기지 않지만, 그랑시엘의 실력은 완전히 풍왕과 대등하거나 그 이상이다. 나 말고도 백중의 침묵을 감각으로 이해하고 있는 것은 실버 호크 기사단의 쥬엘 경 정도겠지만, 그는 이미 풍왕에게 당해서 기절해 버렸다.

"으읏! 도와야 해."

풍왕에게 당했던 아스칼리온이 쓰러져 있다가 겨우 정신을 차렸다. 갑옷 덕분에 중상을 면한 모양이다.

"화살로 원호를 해도, 저 괴물이 맞아 줄지."

아스칼리온이나 레인저 루시는 수준이 낮아서 백중의

침묵에 뛰어들지 말지를 고민하고 있었다. 나는 낮은 목소리로 그들에게 경고했다.

"가만히 보고 있어. 끼어들 자리가 아냐."

내 말은 솔직하기 그지없었다. 허세를 부리고 말 것도 없다. 아스칼리온의 실력으로 덤벼들 경우 에너지에 갑옷이 짜부라져서 터져 버릴 것이다. 레인저 루시가 나서도 마찬가지다.

하지만 그 말이 아스칼리온의 자존심을 건드린 것 같았다. 놈은 별안간 화를 내면서 내게 소리를 질렀다.

"빌어먹을!! 평민 놈 따위가 뭐가 잘났다고 내게 설교를 하는 거냐! 왕세자께 그깟 자작위 받았다고 진짜 귀족이라도 된 줄 아나 보지?"

"……."

나는 아스칼리온의 한심함에 그만 헛웃음이 나오고 말았다. 이 긴박한 상황에도 자격지심을 내세우며 분열을 초래하고 있는 것이다. 이런 녀석과 같이 적진에 침투해야 한다는 사실이 암담해진다.

옆에서 힐끔힐끔 눈치를 보고 있던 팔코스 경이 아스칼리온에게 조심스럽게 말했다.

"…골든 휩버의 부단장. 체신을 차려 주게."

팔코스는 상당히 나이가 들었고 이기적인 사람이지만, 상황 판단력도 있고 똑똑했다. 아스칼리온이 덤벼드는 게 전혀 좋을 게 없다는 사실을 알고 있는 것이다. 아스칼리온은 도리어 팔코스 경을 윽박질렀다.

"팔코스 경!! 이런 부랑배를 따라서 수정천궁까지 갈 수 있다고 믿으시는 겁니까?! 지금이라도 늦지 않았습니다! 내가 이놈이 얼마나 한심한지를 증명…."

빠직.

그때였다. 팔코스 경의 감정은 급격히 치솟아올라, 마인드 리딩에는 마치 불꽃처럼 느껴질 정도가 되었다. 신중한 사람이 화를 낸 것이다.

"닥쳐, 애송이!! 이 일이 얼마나 중요한지도 모르느냐! 우리 모두의 생존이 걸려 있다! 검술의 수재에 가문도 좋다고 떠받들어 주는 것도 한계가 있다!!"

그의 눈에서 노화가 혈염처럼 끓어올랐다.

"……!!"

아스칼리온은 뛰어난 검사지만, 팔코스 또한 그에 못지않은 경지에 오른 마도사다. 그런 팔코스가 역정을 내자 아스칼리온도 기겁해서 뒤로 주춤 물러났다. 아스칼리온이 얼떨떨한 목소리로 말했다.

"파, 팔코스 겨…."

팔코스는 말을 끊으며 힐난했다.

"내 이름을 부르지 마라. 설마 테우란 가문의 장남이 이토록 한심할 줄은 생각도 못 했다."

"……."

아스칼리온은 순식간에 꿀 먹은 벙어리가 되어 버렸다. 그도 그럴 것이 아스칼리온과 팔코스의 위치는 크게 차이 난다. 팔코스 경은 5년 내에 대마도사의 경지에 오를 것으로 촉망받는 왕국의 중역(重役)이지만 아스칼리온은 갓 기사단 부단장이 된 애송이였다.

거기에 팔코스는 청년 때부터 아스칼리온의 테우란 가문과 절친한 사이였다. 아스칼리온에게는 삼촌 같은 사람인 것이다.

팔코스 경은 흥 하고 냉소를 짓더니 내게 말했다.

"미안하오, 리더. 약간 소란이 있지만 앞으로는 이런 일이 없을 거외다."

"별말씀을."

팔코스 경이 내게 사과하니 받아들일 수밖에 없다. 나는 팔코스 경의 마음을 읽고서, 이 사람이 상당히 처세에 능하고 똑똑하다는 걸 알아챘다. 내가 마음만 먹으면 아스칼리온이 나락으로 떨어져 버릴 수 있기 때문에, 아스칼리온을 나무라면서 그를 지켜 준 것이다.

'어쩔 수 없지.'

성질대로라면 아스칼리온을 작살내 버리고 수도로 쫓아 버리고 말겠지만, 팔코스 백작쯤 되는 거물이 직접 사과하니 받아들여야 한다. 성의가 느껴지기 때문이다.

"이젠 우리가 어떻게 해야 하오?"

"……."

"풍왕 시우젠은 볼트 대장군의 심복으로, 그가 여기서 대기하고 있다는 사실은."

"이곳의 이동마법진으로 가 봐야 매복만 기다릴 뿐이란 말이시겠죠. 작전은 실패한 거란 뜻이지요."

나는 팔코스 경의 말에 대답해 주면서 계속 그랑시엘과 풍왕의 대치를 주시했다. 풍왕의 이동 속도면 그랑시엘에게 기습할 수 있겠지만, 그랑시엘이 어떤 대비 주문을 걸어 뒀을지 예측하지 못한다. 그래서 서로 덤벼들지 못하고 있다.

팔코스 경도 내 시선을 따라 풍왕을 보며 말했다.

"그럼 이제 어쩌시겠소? 풍왕을 이겨 봐야 이미 마법진으로 이동할 의미가 없어졌소. 여기선 일단 물러나야 할 것 같소만."

"글쎄."

나는 애매모호하게 대답했다. 이래저래 이야기를 하는 사이에 대치는 점차 흉험하게 변해 가고 있었다. 공기가 살기로 물결치고 있다.

쿠구구구.

보기만 해도 살갗이 따끔거린다.

풍왕은 인내심이 극도에 달하는 듯 눈빛이 시뻘겋게

물들어 가고 있었다. 풍왕은 손톱을 곤추세우며 물었다.

[네 몸에서 느껴지는 힘은 심상치 않다. 설마 그것은 명계(冥界)와 관련이 있는 것인가.]

그에 대항하는 그랑시엘은 그저 차갑게 웃을 뿐이었다. 그랑시엘은 풍왕이 어떤 존재인지 알아도 겁먹지 않고 있는 것이다. 그걸로 보아서 지난 몇 달간은 혹독한 수련을 겪었을 것이다.

"멍멍아. 네가 누구 앞에 있다고 생각하니?"

[…….]

그랑시엘은 천천히 앞으로 손을 뻗었다. 그랑시엘 또한 격렬한 살기를 갈무리하며 풍왕의 견제를 받아넘기고 있었다. 하지만 내면에서는 거대한 살의의 폭풍이 터져 나올 준비를 하고 있었다.

"살아 있는 생명으로 사신의 탑의 정상에 오른 게 바로 나, 그랑시엘 드 퀘른이다. 너 같은 멍멍이는 이제 끝장내 줄게."

[사, 사신의 탑!]

그 말을 듣는 순간 노련한 전사인 시우겐이 당황했다. 그랑시엘의 말이 너무 예상외이기 때문이다. 나도 사신의 탑이 뭔지는 잘 모르지만, 시우겐의 당황한 감정은 확실히 '공포'에 가까웠다.

그리고 그랑시엘의 공격이 시작되었다.

첫 공격은 단순한 화염구를 다섯 개 발사하는 것이었다. 시우겐이 아니라 보통 사람의 눈에도 보일 정도로 느렸다.

[크으!]

풍왕은 눈 감고도 피할 수 있는 공격이지만 낭패한 기색을 보였다. 그랑시엘의 노림수가 무엇인지 간파할 수 없는 듯했다.

별수 없이 풍왕은 팔을 크게 휘둘러서 화염구를 쳐 내었다. 7클래스의 체인 라이트닝 아크도 견뎌 낸 항마력이 있으니 자신이 있을 것이다.

콰광!

화염구는 힘없이 폭발하며 잔향만을 남겼다. 하지만 놀라운 일은 그때부터 일어났다.

[아닛?!]

쉬쉬쉿.

터져 나간 화염구에서 어둠의 칼날이 수십 개나 비산하면서 사방천지를 살육 공간으로 만들어 버린 것이다! 보통은 한 방에 당해서 고기절임이 되고 말 수법이었다.

다만 풍왕은 역시 풍왕이었다.

바람!

그 찰나의 순간에 초고속으로 이동해서 그랑시엘 뒤로 돌아가서 손을 휘두르고 있었다. 이대로라면 그랑시엘의 머리통이 터져 버릴 것이다.

그 찰나의 순간에 그랑시엘이 희미하게 웃었다.

콰과곽.

[크흑!!]

갑자기 허공에서 보이지 않는 손이 떠오르면서 풍왕의 사지를 붙잡아 버린 것이다. 그랑시엘에게 걸려 있는 대비 능력이었다. 풍왕은 예상했다는 듯 전신에 기합을 넣어서 풀어 버렸지만, 그랑시엘은 뒤로 돌면서 검지를 치켜세웠다.

뻐킹 하는 소리와 함께 풍왕의 몸 전체가 거대한 붉은 빔포에 휩싸여서 날아갔다. 그것은 내가 오레이칼코스의 세계에서 보았던 아크슈트보다 최소한 2배 이상의 출력이었다.

[……!!]

풍왕은 비명도 지르지 못하고 절벽에 날아가서 바위 한가운데에 처박혔다. 마지막에 전신에 기를 집중시켰는지 치명상은 피했지만, 이미 풍왕에게 승기는 없었다.

그랑시엘은 이미 허공에 시드 오브 피닉스, 화염구, 어둠의 칼날의 3대 수법을 집중시키고 있었다. 더 싸워 봐야 처참하게 당해 죽고 말 것이다. 그랑시엘의 초능력은 풍왕의 재생력으로도 감당이 되지 않는다.

그 사실을 깨달았는지 풍왕은 절벽에서 몸을 빼지 않

으며 희미하게 말했다.

[크으으으… 전설이 사실이었구나. 사신의 탑을 정복한 자에게 그랜드 마스터에 도전할 힘이 생긴다는 전설이, 사실이었어…!!]

원념 섞인 목소리에 그랑시엘은 피식 웃었다.

"멍멍아, 첫 공격을 피하지 그랬어? 그러면 이렇게 빨리 끝나진 않았을 텐데."

[…날 조롱하지 마라.]

풍왕은 분노가 들끓어오르는 눈으로 그랑시엘을 노려보았다. 모멸감과 패배감 때문에 평정을 유지할 수 없는 것이다.

[피했다면 '그' 죽음의 칼날이 덮쳐 왔겠지. 인간으로서 설마 시공단(World Cutter)을 쓸 수 있다니.]

"아하하하."

그랑시엘은 웃음을 터뜨렸다. 힘에 취한 것으로 보였지만, 그것도 아니었다. 저건 이미 강자와의 대결에 익숙한 고수의 반응이다.

순수하게 승리를 기뻐하는 투사.

"……"

나는 방금 전의 일전을 생각하고 침묵했다. 내 수준이면 저 녀석들의 대결이 어떻게 된 건지 파악할 수 있다.

'그랑시엘. 대체 두 달 동안 무슨 짓을 한 거야?'

내 감상은 그게 전부였다.

확실히 처음의 느린 화염구는 대놓고 함정이란 게 눈에 보였다. 보통이라면 피하고 볼 것이다. 하물며 전쟁에서 잔뼈가 굵은 풍왕이라면 그 엄청난 스피드로 쉽사리 피해 낼 것이다.

그러나 화염구가 발동하기 0.1초 전에 이미 풍왕의 전신을 노리고 거대한 칼날이 덮쳐 오고 있었다. 풍왕은 그 무색무형의 칼날을 감지하자, 그것부터 피해야겠다고 생각한 것이다.

남은 풍왕의 행동은 그랑시엘로서는 모두 예측 가능한 것뿐. 처음 한 수가 나왔을 때부터 풍왕의 패배는 예정되어 있었던 것이다. 그 사실을 깨닫자 전신에 소름이 돋았다.

'강해!'

지금의 그랑시엘은 나조차도 정면으로 싸워서 이기리란 보장이 없다. 타나토스의 날개를 이용하면 어떻게든 접근할 수는 있겠지만, 그랑시엘의 초능력이라면 전법에 따라서는 나를 100번 중에 88번은 쓰러뜨릴 수 있을 것이다.

그랑시엘이 걱정스러운 목소리로 말했다.

"그런데, 나도 멍멍이 너를 죽이기는 힘들 것 같아. 그렇다고 놔줄 수는 없으니 이걸 어떡해?"

그 말대로였다.

그랑시엘과 계속 싸운다면 풍왕은 결국 죽게 될 것이다. 하지만 자신의 실력이 미치지 못하는 걸 알고 있으니 이제 도망치려 할 것이다. 도망치는 풍왕을 잡아 죽일 수 있는 고수는 전 세계에 다섯도 되지 않을 것이다.

[크르르….]

풍왕은 고요히 그랑시엘을 노려보았다. 그는 이 자리에서 벗어날 궁리를 하고 있었다. 나는 이제야 나설 때가 되었다는 걸 알아차렸다.

한 걸음을 내딛는다.

사람들의 이목이 집중되었다. 나는 그랑시엘을 정면으로 바라보며 천천히 입을 열었다.

"이제 됐잖아? 이 녀석들은 놓아주자."

"농담하지 마."

그랑시엘이 삐죽하고 대꾸했다.

"이 멍멍이 놓아주면 임무는 100% 실패해."

그건 그렇다.

풍왕의 성격상, 여기서 놓아주는 대로 적국의 수도인 하라빈티아로 복귀해서 수정천궁을 수호할 것이다. 방어전에 나서는 풍왕을 쓰러뜨리려면 전설의 골든프릭스 용병단이 몰려와야 하리라.

　하지만 나는 풍왕을 돌아보며 말했다.

　"풍왕! 나와 약속하자."

　[뭘 말이냐?]

　"내가 너를 1분 내에 쓰러뜨릴 수 있다면 이 자리에서 3일간 아무것도 하지 말고 틀어박혀 있어. 그러면 굳이 쫓아서 죽이진 않겠다."

　내 말에 풍왕은 침묵했다. 뿐만 아니라 그랑시엘도 어이없는 표정을 지었다. 뒤쪽에 있던 대원들은 일이 어떻게 돌아가는지 몰라서 어리둥절해하고 있었다.

　[…크크큭. 정신이 나갔나 보군.]

　풍왕은 잠시 후 기묘한 웃음을 터뜨리며 자리에서 일어섰다. 놈의 눈에는 투지와 굴욕감, 그리고 분노가 동시에 일그러지고 있었다.

　대륙 최강 클래스의 투사인 자신이 이토록 얕보이는 데 대한 분노. 그랑시엘에게 패한 굴욕감. 그리고 나와 결판을 낼 투지….

　[받아들이지. 덤벼라.]

　단언컨대, 이제부터의 풍왕은 지금까지와는 다를 것이다. 도전자를 받아들이는 입장이 아니라 자신의 생존과 명예를 걸고 싸우는 것이다. 그 경우 얼마나 강해질 수 있는지는 내가 제일 잘 알고 있다.

그랑시엘은 나를 힐끗 내려 보다가 말했다.

"바보야, 너? 저 멍멍이를 어떻게 이길려고."

그 목소리에서 느껴지는 것은 걱정이라기보다는 한심함이었다. 그 정도로 그랑시엘이 파악한 나와 풍왕의 차이는 커 보였다. 하지만 나는 그랑시엘을 스쳐 지나가며 손을 흔들었다.

"걱정 마. 나도 놀고만 있었던 건 아니거든."

"…흥."

그랑시엘은 냉소를 흘리며 일행의 곁으로 갔다. 혹시나 했는데 정말로 이젠 잔정도 남지 않은 것 같다. 굳이 느껴지는 거라고는 복수심과 분한 감정뿐이다.

왜 분한 거지?

파밧.

내가 그 이유를 생각할 겨를도 없이 풍왕은 단도직입적으로 돌격해 왔다. 이미 상대는 이것저것 가릴 입장이 아니었고, 자신도 그 상황을 잘 이해하고 있었다.

말이 돌격이다.

무게만 200kg이 넘는 덩치가 초음속으로 정면으로 쏘아져 온다. 그것은 이미 대포탄을 밑으로 두는 파괴력을 지닌 광탄(狂彈)이었다.

스슥.

내 목이 약간 옆으로 돌아갔다. 워낙 순간이지만 확실

히 풍왕의 공격을 간파했다. 나는 그 사실을 깨닫고는 순간적으로 희열이 솟아올랐다.

여유롭게 피했다!

전력을 다한 풍왕의 공격을!

풍왕의 힘은 그때 이후로 계속해서 내 발걸음을 붙잡고 있었다. 풍왕을 극복하지 못하면 결코 모험을 계속하지 못하리라는 불안감이었다. 그 불안감은 이제 싸그리 묻혀 버렸다.

풍왕은 자신의 공격이 빗나간 게 의외인 듯했지만 이내 체술을 이용해서 옆발차기를 날려 왔다. 발차기가 반도 되지 않았는데 공기가 톱니바퀴처럼 끌려 들어가는 풍압이 느껴졌다.

스쾅.

한순간 공기가 폭발하고, 폭발한 공압 사이로 섬전 같은 여덟 번의 발차기가 꽂혀 들어왔다. 그 속도는 틀림없이 무자비한 폭력과 학살을 연상시켰다.

나는 그 발차기의 궤도를 직전에 알아차릴 수 있었다. 그것은 육감이 아니라 예지 능력이라고 봐도 좋았다. 그리고 최소한의 움직임으로 발차기를 피해 냈다. 풍압에 몸이 끌려가려 했지만 하체 힘으로 버텼다.

[아니!]

풍왕이 놀란 소리를 냈지만 당연한 일이다. 지금의 나

는 풍왕과 대등, 그 이상이란 사실을 확신한다. 그가 채 몸을 빼기도 전에 내 꽉 쥔 주먹이 풍왕의 단단한 가슴을 찍어 쳤다.

전력을 실은 주먹이 나선을 그리며 날아갔다.

쿠구궁.

[커헉!]

방심 상태에서 완벽한 일격!

어떤 달인도 이걸 당하면 일어서지 못한다.

풍왕의 몸이 직각으로 내려 꽂히며 땅이 무너지고 파였다. 풍왕의 가슴에 내 주먹 모양의 파인 자국이 생겨나며 토혈이 일어났다. 그는 이해를 못 하겠다는 표정을 짓고 있었다.

[크허….]

의식은 있지만 진동 때문에 움직일 수 없는 듯, 풍왕은 가는 숨을 몰아쉬었다. 내 전력을 다한 주먹을 맞고도 살아 있다니 놀랄 일이다.

내가 힐끔 내려 보자 풍왕 시우겐은 그르륵거리며 말했다.

[크륵… 흐… 하루에 두 번씩이나 지다니… 이런 일은 내 평생에 처음이군… 이제 내 시대는 끝인 건가.]

"……."

나는 이기면 호쾌할 줄 알았는데 왠지 씁쓸한 기분이

들었다. 잠시 동안 그 이유를 생각하고서야 왜 그런지 알 수가 있었다.

내게 있어서 풍왕은 단순히 쓰러뜨려야 할 적이 아니었던 것이다. 그 강함뿐만 아니라 정신력, 투지, 프라이드까지 어떤 면에서는 내가 반드시 넘어서고 싶은 벽이었다. 그를 넘어섰다고 해서 단지 기분이 좋을 리가 없다.

왜냐하면 나는 목표를 잃어버린 셈이기 때문이다. 나는 이런 기분은 처음이라서 생소한 감정에 갈피를 잡을 수 없었다. 어색함을 누를 겸 말을 꺼냈다.

"약속은 지켜라."

[크큭… 그러지. 허나 한 가지 부탁이 있다.]

"말해 봐."

풍왕은 간절한 눈으로 나를 바라보았다. 그게 또 마음에 들지 않았다. 언제까지고 강하기만 할 것 같던 녀석이 무너져 버린 것 같았다.

[내 부대원들은 살려 다오.]

자신의 긍지와 바꾼 부탁.

"……."

"죽여야 하오!!"

거세게 반발하고 나선 것은 옆에서 지켜보고 있던 팔코스 경이었다. 그는 전에 없이 매서운 표정을 지으며 풍왕을 노려보았다. 풍왕을 없애는 건 그렇다 치더라도 이 일만은 양보할 수 없다는 기세가 느껴졌다.

"풍왕의 특수부대 하울링 네스트를 살려 보내면 안 되오, 리더!! 기회가 있을 때 섬멸하지 않으면 안 되오!"

그 사실은 알고 있다.

하지만 풍왕이 부탁까지 한 것을 마냥 무시할 순 없는 것이다. 그건 내 알 수 없는 치기였다.

"기다리시오."

나는 손을 내저어서 팔코스 경을 진정시켰다. 그리고 이제는 피를 울컥하고 토해 내고 있는 풍왕의 눈을 내려 보며 물었다.

"내가 하울링 네스트를 살려 줘서 얻는 게 뭐지?"

[크크… 애송이. 이젠 어른이 됐군. 쿨럭….]

잠시 선지피를 게워 내던 풍왕이 말했다.

[…넌 탈마히라와 알기로스, 사대신을 찾고 있는 중일 것이다. 그리고 나는 탈마히라의 본거지와 알기로스가 있는 곳을 알고 있다. 이걸 말해 줄 테니 부대원들을 살려다오.]

그 말이 내 심중을 뒤흔들었다.

탈마히라의 본거지!

알기로스가 있는 곳!

어느 쪽이든 내게 필요한 정보다. 당장 지금은 내 조국인 폴커 왕국을 위해서 전쟁에 뛰어들었지만, 이 싸움이 끝나고 나면 사대신과 겨뤄야 한다. 그리고 풍왕쯤 되는 놈이 이런 자리에서 거짓말을 할 리도 없다.

간단하게 마인드 리딩으로 읽을 수도 있지만 그렇게 하기는 싫었다. 나는 잠시 생각하다가 고개를 끄덕인 후 말했다.

"좋아. 대신 너와 함께 부대원들도 사흘간 이 동굴에서 나갈 수 없다. 일체의 커뮤니케이션이나 제국으로의 연락을 금지하겠다."

"리더!!! 무슨 생각이오!"

당장 팔코스 경이 버럭 하고 나섰다. 뿐만 아니라 저만치에서 기절해 있던 쥬엘 경이 비척대며 일어섰다. 그도 늙은 목소리로 말했다.

"리더. 이번에 풍왕을 이겼으나 풍왕이 진짜 무서운 것은 한 번 패배한 상대에게는 수단 방법을 가리지 않고 이겨 버리기 때문일세. 그를 놓치면 큰 우환이 될 걸세."

[ㅋㅋ… 늙은 인간. 잘도 비꼬는구나. 사실이니 부정하진 않겠다.]

풍왕의 말에 쥬엘 경은 굳게 입을 다물었다. 나는 그의 말에 잠시 마음이 흔들렸다. 이러니저러니 해도 풍왕은 대단한 고수다. 차라리 이 자리에서 그를 없애는 게 내 입장에선 편하다.

하지만 나는 곧 결정을 내렸다.

"우리는 게이트를 타고 이동한다! 풍왕과 남은 놈들은 모아서 묶어 놓도록 하죠."

"리, 리더!!"

팔코스 경이 납득할 수 없는 얼굴로 소리를 질렀지만 나는 무시했다. 이러니저러니 해도 내 입으로 한 번 한 말을 번복하는 건 성미에 맞지 않는다. 게다가 그 후환은 책임지면 그만이다.

어차피 난 죽지도 않으니까.

잠시 후 꿍얼거리는 팔코스 경이 전의를 상실한 하울링 네스트 대원들과 풍왕에게 동시에 7클래스의 속박 대주문을 걸었다.

위이이잉.

은빛 고리 다섯 개가 그들의 팔허리를 동여매며 움직임을 속박했다. 다들 진짜로 움직일 수 없어 보였지만, 정작 중상을 입은 풍왕은 가소롭다는 표정을 짓고 있었다.

아마 풍왕이 조금만 힘을 써도 저 속박 주문은 풀릴 것이다. 그저 풍왕의 신뢰를 믿을 뿐 나머지 대응은 할 만한 게 없었다. 아스칼리온이 부상을 입은 쥬엘 경을 부축하며 말했다.

"빌어먹을… 저런 대적을 살려 두다니 무슨 짓거리냐. 이 임무가 실패한다면 네놈을 절대 가만두지 않겠다!"

이를 빠득빠득 가는 기세가 보통이 아니었다. 나는 속으로 아스칼리온의 실력이 저 기세의 절반만 되어도 좋겠다고 생각했다.

하지만 나도 나름대로 다 생각이 있다. 풍왕이 설령 신뢰를 깨고 움직인다고 해도 상관없다. 풍왕을 맞닥뜨린 순간부터 대응책은 생각했기 때문이다.

나는 도리어 복잡한 눈으로 그랑시엘을 바라보았다. 뭔가를 생각하고 있던 그랑시엘은 나와 눈이 마주치자 흥하며 고개를 돌려 버렸다. 토라졌다기보다는 경멸하는 대상으로 보는 눈빛이었다.

언젠가 한번 얘기를 해야겠다.

그리고 잠시 후 풍왕이 나를 눈짓으로 불렀다. 나는 풍왕 곁에 가서 그의 이야기를 들었다. 풍왕은 상처 때문에 쓰라린 표정을 잠깐 지었다.

[탈마히라의 본거지는 탈 마릴 섬에 있다.]

탈 마릴.

로벨이 이미 한 번 말한 적 있는 곳이다.

"거기가 어딘데?"

[대륙 최남단의 셈 왕국… 그 밑에서 대륙 아래쪽 바다를 사시사철 떠다니는 부해도(浮海島)다. 그곳으로 가려면 셈 왕국에서 타라쿠므 항구로 가서, 보름날 새벽에 바다를 건너라.]

대각성 29

"흐음."

기억하는 게 그리 어렵진 않다.

그보다도 부해도라니, 보통 섬은 대지와 연결되어서 붙박혀 있는 걸 생각하면 상식을 초월한다. 아마 남방신의 힘으로 그런 기이한 장소가 만들어졌으리라. 그곳에 가면 블러드로드를 비롯해 남방신의 수하들이 넘쳐 나겠지.

[북방신 알기로스, 알마기스라고도 불리는 존재는 하라바인 제국에서조차 건드리지 않는 세계 최북단에서 혼자 지내고 있다. 내가 알고 있는 건 그게 전부다.]

세계 최북단이면 얼음밖에 없는 극한의 대지다.

확실히 그의 말은 신뢰할 만하다. 마인드 리딩으로 진실과 거짓을 판별해도 틀린 점이 없다. 나는 두 사방신의 행적을 머릿속에 집어넣었다.

나는 상황이 정리되었다 싶자 일행에게 말했다.

"게이트 주문을 발동하죠. 팔코스 경, 마법진을 발동시켜 주세요."

"정말 괜찮겠나?"

팔코스 경은 말을 하면서도 힐끔힐끔 뒤를 바라보았다. 풍왕이 못내 신경 쓰이는 모양이다. 하지만 나는 풍왕의 마음을 읽은 후라서, 그가 절대 약속을 어기지는 않을 거란 사실을 알고 있다.

"괜찮습니다."

팔코스 경이 미심쩍은 얼굴로 주문을 외우기 시작했다. 그는 고속영창 주법을 습득했는지, 원래 1분은 걸리는 순간이동 마법진이 고작해야 20초 만에 구동되기 시작했다.

우우우웅—

잠시 눈앞에 빛이 비쳐 보이고, 시야가 흐려졌다.

다시 우리가 정신을 차렸을 때는 안개 끼고 흐린 숲 속에 다 같이 와 있었다. 다행히도 순간이동이 실패해서 몸이 분해된 사람은 없는 모양이었다.

그때 아스칼리온이 이죽거렸다. 안개 때문에 목소리가 울려서 크게 들렸다.

"자, 그럼 어디 대책을 들어 볼까? 이 마법진은 이미 적에게 다 알려진 곳이고, 곧 복병이 잔뜩 몰려들 텐데 무슨 잘난 생각으로 순간이동부터 하고 봤는지, 잘난 평민 리더님의 생각부터 들어 볼까?"

"비꼬지 마."

그랑시엘이 갑자기 불쾌해하면서 손날을 아스칼리온 목옆에 갖다 대었다. 아스칼리온이 흠칫하면서 얼음장처럼 굳어 버렸다. 자신이 그랑시엘의 상대가 아니란 걸 알고 있기 때문이다.

"아, 알았어. 하지만 이건 중요한 문제다!!"

아스칼리온이 이를 악물며 오기로 말을 이었다.

"뭔가 대책이라도 말해 달라고! 우린 지금 전멸 위기란 말이다!"

아스칼리온의 말은 맞긴 맞았다.

지금 내 감각에도 상당한 수준의 인원이 이쪽으로 조심스럽게 접근하는 중이었다. 2km 내에 살의를 지닌 적만 세 자리를 넘어갔다. 이들에게 습격당한다면 부상을 당한 쥬엘 경의 목숨이 위험할지도 모른다.

하지만 나는 심드렁하게 말했다.

"적의 생각대로 움직여 주는 거다. 어느 정도는… 그래야 수정천궁의 방어를 약화시킬 수 있잖아."

"뭐라고?"

아스칼리온은 멍청한 표정을 지었지만, 팔코스 경은 내 말을 어느 정도 알아들은 듯했다. 그가 설마 하는 얼굴로 말했다.

"우리 목적이 수정천궁이 아닌 것처럼 보이게 할 생각이란 말인가?"

역시 마법사라서 머리가 좋다. 대개의 책사들이 마법사인 걸 생각하면 당연한 일일지도 모른다. 나는 고개를 끄덕이며 말했다.

"이러니저러니 해도 제국 영토로 침입하려면 이 게이

트를 타고 와야 합니다. 이왕 왔다면, 적의 생각대로 움직이면서 목표를 착각하게 합니다. 그리고 병력이 분산된 틈에 재빨리 수정천궁으로 가서 임무를 수행하는 거죠."

"그, 그렇군. 허나 이제부터 대체 뭘 어쩔 생각인가."

"말은 좋지만 실천 방법을 보여 달라고. 입만 산 평민 놈이!!"

다시 아스칼리온이 으르렁거렸다. 나는 그가 왠지 내 신경을 자꾸 건드려서 귀찮아졌다. 이쯤에서 잡아 주지 않으면 얕보이겠지?

그래서 나는 그를 정면으로 노려보며 말했다.

"리더로서 말하지. 더 이상의 행동은 하극상으로 간주하고 즉각 처분해 줄 수도 있어."

"……!!"

순간 좌중이 굳어 버렸다.

하극상!

폴커 왕국은 군기가 엄격하고 기사의 법도가 수호되는 나라다. 그리고 하극상은 신분 계급에 상관없이 중죄로 다스렸다. 기본이 직위 해제이며, 심한 경우 즉결 처분도 당연한 일로 여겨진다.

아스칼리온이 어이없다는 눈으로 나를 바라보다가 비웃었다.

"큭큭큭! 평민 따위가 나, 테우란 가의 아스칼리온을

즉결 처분하겠다고? 그게 있을 수 있는 일이라고 생각하는 거냐!"

이놈은 상황을 파악 못하고 있군.

"안 될 게 뭐지?"

내가 조용히 반문하자 아스칼리온이 흠칫했다. 쥬엘 경과 팔코스 경은 그를 외면하고 있었고, 나머지 인원은 곱지 않은 눈으로 아스칼리온을 바라보고 있었다. 분위기가 심상치 않은 걸 느낀 아스칼리온이 급격히 당황했다.

"뭐, 뭐, 뭐? 내가 누군지 알고. 테우란 가문은 폴커 왕국 초기부터 함께해 온 건국공신 백작가…."

보다 못한 쥬엘 경이 중후한 목소리로 경고를 주었다.

"아스칼리온. 거기까지 해 두게."

아스칼리온이 멍하게 그를 바라보자, 어깨에 부축되고 있던 쥬엘 경이 땅바닥에 걸터앉으며 무겁게 말했다.

"평민이든 어떻든, 실력만큼은 리더로 삼고도 남는다. 이 작전이 왕국의 명운이 걸린 중요 임무인 이상, 그의 말은 왕세자 전하의 말과 같다고 생각하라."

"쥬엘 경. 그런 명목상의 리더 따위…."

쥬엘 경은 잠시 침묵하다가 호통을 쳤다.

"왜 이렇게 철이 없는가! 자네 따위가 백 년을 수련해 봐야 웨어로드 풍왕 시우겐을 이길 수 있다고 생각하는가! 현실을 직시해!"

"……."

아스칼리온은 이번에야말로 혼이 빠져나간 듯한 표정을 지었다. 쥬엘 경은 늘 아스칼리온을 두둔하고 격려했던 아군이자 선배였다. 어떤 의미로는 팔코스 경보다 더 가까운 사람인 것이다. 그런 사람까지 자신을 책망하자 심상치 않다고 느낀 것이다.

"으윽."

그러더니 이내 분한 표정을 짓더니 입술을 깨물었다. 다행히 그 정도에 마음이 꺾일 정도로 약해 빠진 인간은 아닌 듯싶었다. 아스칼리온은 잠시 나를 허망한 눈으로 쳐다보더니, 내 앞에 무릎을 꿇었다.

쿵.

육중한 갑옷과 함께 아스칼리온의 숙인 머리가 내 시야에 들어왔다. 다들 침묵하는 가운데 아스칼리온이 힘겹게 말했다.

"죄송합니다, 대장. 제 무례를 용서해 주십시오."

"……."

나는 한참이나 아스칼리온을 내려다보았다. 어차피 진심은 아니다. 이 자리를 모면하려는 방책일 뿐이지만, 여기서 그 이상을 바랄 순 없는 노릇이다. 지금은 아스칼리온을 한 번 꺾었다는 것에 만족하기로 했다.

"그러지."

"감사합니다."

"일어나."

아스칼리온은 말없이 자리에서 일어났다. 그 눈빛 깊숙한 곳에는 분한 기운이 잠들어 있었다. 그래도 갈무리할 줄 아는 걸 보니 마냥 어린애는 아닌 것 같았다.

'다행이군.'

만일 어리광을 피우거나 쥬엘 경의 호통이 없었다면, 나는 아마 아스칼리온을 맨손으로 때려 죽였을지도 모른다. 나는 상황이 정리되자 지시를 내렸다.

"적이 접근하고 있습니다. 숫자는 약 50명 정도고, 다들 훈련받은 정예군요. 몬스터도 다수 섞여 있습니다."

"싸우는 건 무모하오."

당연한 말이다. 팔코스 경의 말에 내가 손을 뻗었다.

"다들 중앙으로 모이세요. 단거리 텔레포트로 빠져나갑니다."

"아, 그건."

팔코스 경이 내 말에 화들짝 놀라면서 뭔가 말하려 했지만 이내 입을 다물었다. 단거리 텔레포트에도 막대한 마력이 필요해서, 이 정도 인원을 데리고 이동하는 건 무리일 거라고 생각한 것이다. 하지만 이왕 나를 리더로 인정했으니 믿고 따르기로 한 것 같았다.

나는 그대로 손을 뻗으며 중얼거렸다.

"매스 텔레포트(Mass Teleport)."

마력이 요동친다.

8클래스 마스터— 내가 오른 경지는 확연히 인간의 한계에 가까워져 있었다. 주문이 풀려나오는 순간, 이중삼중의 계산식이 머릿속에서 빠르게 해석되었다. 머릿속에 계산기가 따로 들어 있는 것 같았다.

잠시 섬광이 일어나고, 우리는 20km 정도 떨어진 공터에 도착해 있었다. 그 과정과 결과까지는 고작해야 눈을 세 번 깜박일 시간이라, 일행은 약간 어리벙벙한 모습이었다.

"허."

제일 먼저 정신을 차린 것은 팔코스 경이었다. 그는 기절할 듯이 놀라면서 외쳤다.

"매스 텔레포트!! 자, 자네는 설마."

"그게 지금 중요한 건 아니고요."

나는 팔코스 경의 말을 끊었다. 8클래스 주문 중에서도 난이도가 높은 매스 텔레포트를 이렇게 빨리 시전하려면 마스터의 경지에 올라야 한다. 팔코스 경은 마도사답게 그 사실을 순식간에 눈치챈 것이다.

"일단 적은 피했지만 적들 중에도 추적술을 지닌 병력이 있을 겁니다. 길어도 한 시간이면 쫓아올 테니, 이곳에서 가까운 적의 성(城)이나 요새를 공격합니다."

몬스터면 후각으로 추적할 수 있으니 여유는 부릴 수 없는 일이다. 제국의 몬스터 병단이 다재다능한 데는 이유가 있었다.

다행히 내가 매스 텔레포트를 쓸 수 있는 이상, 치고 빠지기가 얼마든지 용이하다. 중요한 건 일단 제국의 영토로 들어오는 것이었다.

"으음."

"좋은 생각이군."

쥬엘 경이 비척거리면서 내 말에 고개를 끄덕였다.

"내 경험으로 볼 때 이곳은 아르넨스 숲이네. 적의 심장부인 수정천궁까지는 북쪽으로 걸어서 하루 거리밖에 되지 않아."

나도 들어 봤다. 제국에서 가장 거대한 숲이자, 몬스터 병단이 잔뜩 서식한다는 지형이다.

예전에 사룡 칼로스와의 싸움에서 폴커 왕국군이 크게 고전한 곳이다. 쥬엘 경은 그 전쟁에 참전했었기에 이 숲을 알고 있는 듯했다.

"근처 지리를 아십니까?"

내 물음에 쥬엘 경이 고개를 저었다.

"미안하군. 벌써 십 수 년도 더 되었어. 약간 헤매도 빠져나갈 자신이 있지만, 그렇게 하다가는 임무 기한에 맞추지 못할 걸세."

"……."

다들 안색이 어두워졌다. 아르넨스 숲은 그 영토가 어지간한 공국에 맞먹을 정도로 거대했다. 내 감지 능력으로도 적이 오는지 알 수 있을 뿐, 방향을 구분하지 못했다.

그때 잠자코 듣고 있던 레인저 루시가 말했다.

"내게 맡겨요. 북으로만 가면 되는 거죠?"

"아, 그렇군!"

아스칼리온이 깨달은 표정을 지었다. 나는 레인저 루시의 존재를 깜박했다는 걸 떠올렸다. 나도 완벽할 수는 없는 노릇이다.

레인저는 폴커 왕국의 동쪽 수비를 맡는 특수부대다. 당연히 산지와 험지를 돌아다니는 건 정통해 있고, 지리 안내도 손쉬울 것이다. 생각해 보면 이게 모두 쉐레드 왕자의 안배였던 것이다.

'각자 역할이 있다는 거군.'

"그럼 갑니다."

레인저 루시가 자신의 팔목에 웬 풀잎으로 아대 같은 걸 만들어서 찼다. 그러고는 조용히 알 수 없는 언어를 중얼거리며 손을 갖다 대었다.

[레인저 특수 주문, '패스파인더(Pathfinder)' 발동!]

…레인저도 주문을 사용할 수 있는 건가!

나는 신선한 충격에 호기심 섞인 눈으로 루시를 쳐다보았다. 아대는 청록빛을 내뿜더니 전방으로 실처럼 가느다란 광선을 내쏘았다. 공격력은 없고 단지 방향만 가리키는 것 같았다.

타닷.

우리는 말없이 루시의 뒤를 따라서 이동하기 시작했다. 루시의 아대는 정확하게 북쪽을 가리키고 있었고, 그쪽으로 가기만 하면 수정천궁 근처에 있는 아르넨스 성(城)에 도달할 게 틀림없었다.

달리던 도중에 아스칼리온이 점차 힘든 기색으로 뒤처졌다. 아무래도 쥬엘 경을 업으며 뛰고 있으니 어쩔 수 없어 보였다. 나는 뒤를 힐끔 바라보다가 아스칼리온에게 말했다.

"내가 부축하지. 넌 팔코스 경한테 부탁해서 헤이스트 걸고 뛰어. 좀 뒤처졌으니까."

"…크, 리더 할 일이나 하시죠!!"

아니나 다를까 아스칼리온이 살기를 죽이면서도 나를 노려보았다. 내게 대한 반감이 극도로 치솟은 모양이다. 나는 도리어 웃으며 말했다.

"네가 뒤처지면 결국 모두가 느려진다. 잔말 말고 시키는 대로 해라."

그러자 앞서 가던 사람들이 이상한 낌새를 느끼고 멈춰 섰다. 아스칼리온이 미간을 찡그렸다.

"리더는 딱히 무슨 수가 있소? 경량화 주문을 걸어 두었다고 해도 우리가 입은 건 플레이트 갑옷이란 말이오."

아스칼리온의 항변은 지당한 것이었다. 플레이트 갑옷은 원래 말 두 마리를 합친 것만큼이나 무겁다. 경량화를 걸었다고 해도 큰 돌덩이와 같다.

거기에다가 근육질 기사인 쥬엘 경의 몸무게도 그리 만만한 건 아니니, 아스칼리온의 근력도 나름대로 훌륭한 것이었다.

나는 조용히 쥬엘 경을 들쳐 업었다. 그리고 아스칼리온에게 손을 내뻗었다.

"헤이스트(Haste)."

파앗 하는 소리와 함께 아스칼리온의 전신에 백색 빛이 감돌았다. 저만치에서 보고 있던 팔코스 경이 침음성을 흘리는 소리가 들렸다.

"역시 7클래스를 뛰어넘는 최상급 마검사로군…."

아스칼리온이 멍하니 바라보자, 나는 심드렁하게 말했다. 이 녀석한테 정은 가지 않지만 왠지 어린애 같아서 돌봐 줘야 할 것 같다.

"빨리 가라. 안 그러면 나한테 따라잡힌다."

"…크! 뒤처지기만 하시오."

아스칼리온은 이를 악물고는 뒤도 안 돌아보고 뛰었다. 짐이 없는데다 헤이스트까지 걸리자 어지간한 몬스터보다 빨리 뛰었다. 나는 쥬엘 경을 업은 채로 일행을 따라가기 시작했다.

파바밧!

"허어억! 저, 저런?!"

잠시 후에 아스칼리온이 숨넘어가는 소리를 냈다. 순식간에 내 몸이 일행을 따라잡고도 모자라서, 여유롭게 선두의 루시와 대등하게 섰기 때문이다. 심지어 루시도 놀라는 기색이 역력했다.

루시의 마음이 읽혔다.

'산에서 이동하는 지옥훈련만 10년이 넘었는데, 저런 짐 덩어리를 업은 채로 날 따라왔다고?! 괴물이냐, 이 자식!'

루시는 산속에서라면 어떤 맹수나 몬스터도 따돌릴 수 있는 모양이었다.

"뭘 보시오? 집중하세요."

"아, 네! 대장."

루시는 내 말에 황급히 아대의 광선에 신경을 집중했다. 나는 가볍게 웃었다. 힘과 체력이 인간의 한계를 초월한 지 오래되었다는 것, 그동안 실감하지 못했는데 이제야 알게 된 것이다.

그때 내 옆에서 염동력으로 날아오던 그랑시엘이 텔레파시(Telepathy)로 내게 염파를 날려 왔다.

―하수들 앞에서 폼 잡으니까 좋아?

"……."

힐끔 옆을 돌아보니 그랑시엘은 손발을 움직이지 않은 채 오로지 염력의 구체를 떠올린 채 날아오고 있었다. 저런 말도 안 되는 짓은 예전에는 불가능했는데, 정말 강해진 모양이다.

녀석은 팔짱을 낀 채로 왠지 심통맞은 표정을 짓고 있었다. 나는 무시할까 생각했지만 이내 웃으면서 그랑시엘에게 말했다.

"글쎄! 그런 너도 자제는 안 하고 있잖아."

―흥. 난 이런 약해 빠진 녀석들은 신경 안 써.

그렇게 신경질을 부리던 그랑시엘이 슬쩍 손을 흔들었다. 그러자 앞에서 부러져서 떨어져 내리던 십여 미터 높이의 거대한 나무가, 한순간에 산산조각 나서 비산했다!

퍼벙!

그 덕분에 중간에 있던 사람들이 다치지 않았다. 나는 그 모습을 보자 살짝 소름이 끼쳤다. 이미 그랑시엘은 기(氣)를 다루지 못하는 검사로서는 상대가 불가능한 경지에 올라 있었다.

'나중엔 오레이칼코스의 레벨까지 올라갈까? 으, 끔찍

하네.'

그때는 우연히 이겼지만 정면 대결을 계속했다면 나는 열 번도 넘게 죽었을 것이다. 나도 서둘러 힘을 키워야 한다는 강박관념이 들었다.

한참을 달리다 보니 어느새 조그마한 강이 나타났다. 강의 폭이 그리 넓진 않았지만 배가 있어야 수월하게 건널 수 있을 것 같았다. 나는 일행을 멈추게 하며 말했다.

"잠시 쉬죠. 아직 숲을 빠져나가려면 멀었으니까."

아닌 게 아니라 내 감지 능력에도 출구가 보이지 않는다. 게다가 숲이 너무 넓으니 마력과 방향 감각을 헷갈리게 하고 있었다. 세상에 이런 비경(秘景)이 있을 줄은 생각도 하지 못했다.

다들 걸터앉아서 가져온 식수나 육포를 먹기 시작했다. 출발한 지 오랜 시간이 지나지 않아서인지 육포는 상하지도 않았다.

나는 육포를 우물거리면서 생각했다.

'여황을 죽여야 하는 걸까? 쉐레드 왕자는 그걸 바라는 건가?'

내가 줄곧 고민하는 것은 임무의 난이도 따위가 아니었다. 어차피 내가 나선 이상 죽든 살든 수정천궁의 파괴는 할 수 있다. 내가 이번에 신경 쓸 것은 나머지 대원들을 끝까지 살아남게 도와주는 것이었다.

중요한 건 바로 '여황(Empress)'의 존재다. 하라바인이라고 하는 거대한 제국을 통솔하고 다스리는 사상 최초의 여자 황제!

그녀는 선대 황제가 서거하자마자 군부를 장악하며 최연소로 권력의 정점에 섰다. 여자를 황제로 인정할 수 없다는 반대파 때문에 내란이 일어날 뻔했으나, 볼트 대장군과 하울링 네스트의 힘으로 진압된 모양이었다.

내가 만일 수정천궁을 공격해서 마력 장치를 파괴하면, 자동으로 수정천궁이 내려앉으면서 여황도 죽게 될 것이다. 내가 고민하는 것은 쉐레드 왕자가 과연 여황까지 죽여야 한다고 생각하는지였다.

…폴커 왕국민으로서는 죽여야 한다. 이 전쟁도 여황의 명령으로 시작된 것이기 때문이다. 하지만 퀸틸리온을 얻고 나서 생긴 꺼림칙한 [감]이 내 고민을 부추기고 있었다.

이 선택에 따라서 내 앞날이 바뀔 것만 같은 기분.

거의 운명 같은 직감 때문에 함부로 선택할 수가 없다. 내가 복잡한 고민에 사로잡혀 있을 때 저만치에서 아스칼리온이 다가왔다.

그러고는 다짜고짜 말했다.

"내가 뭐가 부족한 거요?!"

"……."

뜬금없이 그런 말을 하면 보통은 알아듣지 못한다. 이목이 이쪽으로 쏠렸다. 하지만 불행인지 다행인지, 내게는 마인드 리딩이 있었다.

읽혀지는 것은 조급함과 강해지고 싶은 마음이었다. 나는 자세한 사정을 읽지 않아도 아스칼리온이 무슨 뜻으로 질문했는지 알 것 같았다.

"강해지고 싶냐."

"…그렇소."

어느새 아스칼리온의 말투가 정중해져 있었다. 아까까지는 건달을 연상시켰다면, 이제는 완연히 기사의 태도로 돌아와 있었다.

나는 아스칼리온 마음속에 남아 있는 음험함이 꺼려졌지만 솔직하게 말해 주었다.

"넌 이미 강한 기사고, 어설프지만 [기]를 다룰 줄도 알아. 그러면 남은 건 기를 다스리는 법을 좀 더 정밀하게 익히는 거잖아."

"그게 그렇게 쉬운 일이 아니잖소."

"징징거리기는."

"……."

아스칼리온이 할 말을 잊었다. 나는 잠깐이지만 미안하다는 생각도 들었다. 나는 레벨업 능력으로 순식간에 이 경지까지 도달했으니 아스칼리온의 기분을 이해 못한다.

나는 슬며시 손을 뻗으며 말했다.

"손 이리 줘 봐."

아스칼리온이 군말 없이 손을 내뻗었다. 그러자 내 내면에서 지켜보고 있던 레비가 말했다.

[경험치를 양도하시겠습니까?]

어. 근데 말은 똑바로 하자.

이건 양도가 아니라 기부지. 불우한 이웃을 돕는 거니까. 어차피 퀸틸리온 때문에 여유 경험치는 넘치고도 남잖아?

내 생각에 레비가 킥킥 웃어 대었다.

[이히히힛히히. 암만 레벨업 능력을 갖고 있어도 이렇게 낭비하는 사람은 주인님밖에 없겠네요.]

"뭐 그렇겠지만."

"응?"

아스칼리온이 고개를 갸웃거리자 나는 아차 했다. 레비와 하는 대화가 혼잣말처럼 새어 나온 것이다. 나는 아스칼리온의 손을 잡은 채로 내 경험치를 전해 주었다. 경험치 양은 내 감각대로 정했다.

[경험치 1,500,000을 전송했습니다!]

꽤 많이 준 셈이다. 레벨이 단숨에 3 정도는 오를 것이다. 이 정도면 저 애송이 녀석도 어느 정도는 강해지지 않을까? 내가 흐뭇하게 생각하고 있을 때 레비가 말했다.

[그런데 상대는 레벨업 능력이 없어서 경험치를 소모할 수가 없습니다. 레벨업 시켜 주시겠습니까?]

아니 뭐라고?

"...헐."

아스칼리온은 자꾸 내 표정이 괴상하게 변하자 두려운지 표정을 굳혔다. 나는 다시 표정을 관리하면서 레비한테 물었다.

'무슨 소리야. 경험치만 있으면 언제든 레벨업 할 수 있는 게 아니었냐? 설명 좀 해 봐.'

[네. 그러니까 이건 시스템의 문제입니다.]

레비는 약간 하이톤으로 빠르게 설명을 시작했다.

[레벨업에 쓰이는 경험치(Experience)라는 건 그 인간이 살면서 쌓아 온 인생 그 자체입니다. 즉 주인님께서 레벨업을 하실 때는, 경험치를 덧붙여서 그만한 인생을 살았다고 현실을 수정해 버리는 거지요.]

그만한 인생을 살아온 걸로 되어 버린다고?

[주인님이 강해지는 것은 모두 레벨업 능력 덕분인 겁니다. 저런 보통 인간들은 한 번에 하나의 인생밖에 살지 못하기 때문에, 경험치를 받아들여도 잠시 후에는 '없었던 일'로 간주되고 사라져 버리지요~]

"……."

나는 왠지 레벨업이란 게 뭔지 알 것만 같았다. 지금까지는 그냥 경험치가 쌓이면 강해지는 거라고 생각했다. 하지만 레벨업의 설명에 따르면, 한참 다르다.

즉 레벨업(Level Up)이란 현실을 바꿔 버리는 능력.

내가 지금까지 어떤 인생을 살아왔건, 그 모든 것을 무시하고 또 다른 인생의 경험치를 덧붙여 버린다. 내가 가진 능력은 모두 내 수련의 결과가 되어 버린 것이다.

비록 시간과 기억은 없다고 할지라도.

"레벨업."

내가 잠시 중얼거리자, 내 눈앞에 떠 있던 아스칼리온의 레벨창이 빠르게 변하는 것이 보였다. HP와 힘이 상승하고, 없었던 기술이 생겼다. 아스칼리온은 어리둥절해하다가 경악해했다.

"나, 나 알게 되었다고?! 아니 어떻게!"

"……."

아스칼리온은 자신의 변화가 믿기지 않는지 갑자기 칼을 뽑아 들더니 신들린 듯이 휘둘렀다. 그 검무(Sword Dance)는 엉성해 보이지만 힘이 담겨 있고 빨라서, 아스칼리온의 실력이 한층 나아졌다는 사실을 알 수 있었다.

그 모습을 보던 쥬엘 경이 놀라서 말했다.

"깨닫게 한 건가! 어떻게 그런."

나는 대답하고 싶지가 않았다. 내 경험치를 들여서 남을 레벨업 시켜 준 건 이번이 처음이다. 하지만 처음과는 달리 기묘한 찝찝함이 느껴졌다.

다른 인생을 덧붙인다⋯.

대체 어떤 부작용이 생길지 짐작도 가지 않았다. 나는 복잡한 심경을 감추기 위해서 말했다.

"이제 이동하죠. 조금 있으면 날이 저물 것 같은데, 그 전에 숲을 벗어나야 합니다."

"알겠네."

팔코스 경이 내 눈짓을 받자 고개를 끄덕이더니 주문을 외웠다. 그가 미리 준비해 둔 장작을 몇 개 꺼내서 물체생성(Create Object)의 주문을 외우자, 그 장작이 저절로 변해서 작은 나뭇배의 형상이 되었다.

강을 건너자마자 팔코스 경이 주문을 해제했다.

"디스펠(Dispel)."

파가각!

순식간에 나뭇배가 분해되더니 원래대로 장작으로 돌아가고 말았다. 나는 저 주문을 모르고 있었기 때문에, 팔코스 경이 혼자서 개발해 낸 주문일 것이다.

레벨업으로 내 마법 경지가 올랐다고 해도 자동으로

알게 되는 주문은 그리 많지가 않았다. 각 계열에서 대표적인 주문과 곁가지로 몇 개씩을 알고 있을 뿐이다. 좀 더 경험을 쌓지 않으면 대마도사와 싸울 땐 불리할지도 모른다.

쉬고 나서 이동하니 아까보다 훨씬 수월해 보였다. 특히 쥬엘 경에게는 내가 안 보이게 힐(Heal) 주문을 계속 걸어 두고 있어서, 지금은 내장 출혈과 골절이 거의 멎은 모양이었다.

쥬엘 경이 신기한지 말했다.

"이 숲엔 상처를 치유해 주는 힘이 있나? 빠르게 몸이 괜찮아지고 있어…."

이대로 가면 내일쯤에는 쥬엘 경도 전투가 가능하게 될 것이다. 순조롭게 루시를 따라서 숲의 북쪽으로 이동하고 있을 때였다.

슈우—

콰광!

하늘에서 갑자기 거대한 창이 날아오더니 루시 앞에 꽂혔다. 루시도 지옥훈련을 통과한 특수부대원이라서 빠르게 공격을 알아차리고, 자신의 쌍검을 뽑으며 뒤로 물러섰다.

"뭐야!"

다들 전투를 준비할 때 저만치에서 둔중하고 거대한

목소리가 울려 퍼졌다. 마치 마음에서 마음으로 전하는 텔레파시 같았다.

―이 아르네스 숲에 침범하는 자가 있다니! 나 북방신 알기로스 님의 가디언으로서 너희를 용서치 않으리라.

제2장
다크엘프와 신전

강한 마력이 흘러넘쳤다.

부웅 하는 소리와 함께 어둠의 공간이 열렸다. 그리고 그 공간에서 나타난 것은 피부가 검지만, 그 외모가 뇌쇄적이고 아름다운 엘프(Elf)였다.

피부가 검은 엘프가 있다니?

내 의문은 바로 그랑시엘 덕분에 풀렸다.

"저 녀석은 다크엘프!! 사신의 탑이 아니라 이 대륙에도 살고 있었네."

"다크엘프가 뭔데?"

내 질문에 그랑시엘이 상대를 강하게 노려보았다.

"엘프 로드 페드라크를 배신하고 알기로스에게 붙어서 살아가기를 택한 엘프들이지! 페드라크의 저주 마법 때문에 피부가 검어지고 암(暗) 속성 주문밖에 못 쓰게 되었다."

엘프 로드 페드라크는 트위스티드의 서열 2위로서, 예전에 동방신 이누타브의 손에 죽었다.

그랑시엘의 설명은 나를 위한 것이라기보다는 모두를 위해서인 것 같았다. 설명하는 척하면서 은근슬쩍 다크엘프의 약점을 모두에게 숙지시키는 것이다.

"너?"

모습을 드러낸 여성 다크엘프는 의외라는 표정을 짓더니 자신이 쥐고 있던 조그마한 세이버(Saber)를 늘어뜨렸다.

"하프엘프. 반쪽짜리가 감히 이 숲에 발을 들여놓다니 죽고 싶은 모양이군."

상대는 명백히 그랑시엘에게 살의를 분출하고 있었다. 그랑시엘도 생각은 다르지 않은지 송곳니를 세우며 언제라도 능력을 방출할 준비를 했다.

나는 다크엘프에게 말했다.

"너 혼자 우리를 모두 감당할 수 있을 거 같나? 다치기 전에 비키는 게 좋을 거다."

"훗."

다크엘프는 짧게 비웃더니 오만하게 내려다보며 말했다. 녀석의 눈에는 승기를 잡았다는 기색이 강했다.

"누가 혼자란 거냐?"

슈슈슈슛.

'윽!'

나는 그 순간 긴장하고 말았다. 이 공간으로 수많은 인원이 텔레포트해 오고 있는 것이다. 그 수는 어림잡아서 최소한 서른 명 이상이다. 텔레포트를 이 정도로 자유롭게 쓸 수 있다면, 다들 6클래스 이상의 마법사란 뜻이다.

6클래스 이상의 마도사 30명!

이런 말도 안 되는 마법단체는 세상에 없다. 폴커 왕국의 전투마도단이 아닌 이상 이런 규모의 마법사가 몰려 있는 일은 없다.

"……!!"

"많아!"

뒤쪽에서 경계하던 아스칼리온과 루시가 이를 악물었다. 생각보다 상대가 강하다는 생각에 내가 인상을 찌푸릴 때 다크엘프가 웃었다.

"네놈들이 누군지는 몰라도 이 앞은 북방신 알기로스 님의 명령으로 봉인하고 있는 곳이다. 살아서 돌아갈 생각하지 말거라!!"

알기로스?!

그러고 보니 나타날 때부터 이 녀석들은 조금 이상했다. 우리 목적을 눈치채고 앞을 막아선 게 아니라, 이 숲을 침범했기 때문에 공격해 왔다는 느낌이다. 그렇다면 아직까지 우리 행동이 제국에 들키지는 않은 셈이다.

어쩌면 아까 도착하자마자 공격해 온 녀석들도 다크엘프들일지도 모른다. 나는 생각을 끝내자마자 바로 상대에게 외쳤다.

"잠깐!"

"뭐냐, 인간."

"너도 트위스티드 소속이냐?"

"……."

내 질문이 의외인지 여자 다크엘프가 잠시 망설였다. 그러더니 이내 여유를 되찾으며 나를 조롱했다.

"곧 죽을 녀석들에게 그런 걸 가르쳐 줄 이유가 없다고 생각하는데, 인간."

"죽을 때 죽더라도 알고 죽어야겠다."

내가 진심으로 말하자 다크엘프는 어이없는 표정을 지었다. 그러더니 인심을 쓰자고 생각한 듯 거만한 표정을 지으며 입을 열었다.

"말해 주지. 나는 트위스티드…."

"잠깐!"

"또 뭐냐?"

나는 히죽 웃으며 말했다.

"네 이름도 알고 싶다."

여자 다크엘프가 크게 인상을 찌그러뜨렸다. 내 말이

못내 불쾌한 모양이었다. 다행히도 딱히 금기는 아닌지 순순히 내 말에 대답해 주었다. 의외로 착한 녀석인 것 같았다.

"난 레이오페다."

"응, 계속해 줘."

어쩐지 주객이 전도된 듯한 상황이었지만, 레이오페는 더 이상 내 페이스에 휘말리지 않으려는지 무미건조하게 말을 이어 나갔다.

"나는 트위스티드 서열 5위인 카라얀 님 밑에서 일하고 있다. 너희 같은 놈들이 그분, 환왕(幻王)에 대해 들어 봤는지는 모르겠지만."

구미호 카라얀 말이지.

"알아. 싸워 봤는데."

"그렇다 치고."

"……."

레이오페는 고의적으로 내 말을 무시했다. 아무래도 내가 허세를 부리고 있다고 생각한 모양이다. 나도 인상을 찌푸릴 때 레이오페가 득의양양하게 말했다.

"후후. 시간을 벌기를 바란 건 내 쪽이었다. 마도사에게 시간을 주다니 아둔한 것들아!!"

"헉!!"

팔코스 경이 비명을 내질렀다. 그제야 레이오페의 말

뜻을 안 것이다. 아무리 6클래스 이상의 마도사가 숫자가 많아도, 그들이 진형을 갖추기 전에 공격하면 의외로 선전할 수도 있다.

하지만 이야기하다 보니, 우리는 다크엘프들이 주문을 다 외우도록 내버려 둔 상황이 되고 만 것이다! 이제야말로 이길 방법이 없을 정도였다.

그랑시엘이 힐끔 나를 바라보더니 중얼거렸다.

"등신."

나는 머리를 긁적였다.

"등신은 등신이지만 성공하면 등신이 아니라고."

"말만 하지 말고 해결이나 하시지?"

핀잔을 주는 그랑시엘도 그다지 걱정하는 기색이 없었다. 하긴 지금 그랑시엘의 힘은 8클래스 마스터와 대등하거나 그 이상이다. 그랑시엘은 만에 하나 일이 잘못되어도 자기 몸 하나는 빼낼 수 있을 것이다.

나는 크게 숨을 한 번 쉰 다음에 레이오페에게 말했다.

"레이오페. 우리도 그저 이 길을 지나가고 있었을 뿐이고, 다크엘프 일족과 원한을 질 생각은 없다. 지금이라도 우릴 놓아준다면 나쁜 일은 피할 수 있을 거다."

레이오페가 흠칫하더니 비웃음을 지었다.

"말은 잘하는구나. 봉인지로 갈지도 모르는데 우리가 비켜 줄 수 있을 것 같으냐!"

"어차피 가는 길은 너희가 지키고 있잖냐. 우리는 그저 숲을 벗어나려던 중에 우연히 너희와 마주친 것뿐이다. 놔준다면 봉인지에는 가지 않겠다."

"……."

레이오페는 약간 고민하는 기색이었다. 그녀 입장에서는 그냥 마법을 동원해서 쓸어버리면 그만이지만, 우리가 저항하면 일족이 죽거나 다칠 것이다.

잠시 후 레이오페가 말했다.

"너희는 누구길래 제국 최대의 금지(禁地)로 지정된 이 아르넨스 숲에 들어온 것이냐? 그것부터 밝혀라!"

아르넨스 숲이 금지라고?

그런 말은 처음에 듣지 못했다. 내가 설명을 바라는 눈으로 옆에 있던 쥬엘 경과 팔코스 경을 번갈아 쳐다보았다. 그러자 쥬엘 경 대신에 팔코스 경이 턱을 긁으며 말했다.

"소문이 사실이었군. 이 숲에서 사룡 칼로스가 용병왕에게 패배한 후 어둠의 마력이 창궐해, 아르넨스 숲은 죽음의 대지가 되었다고 들었네. 심지어 몬스터들도 살기가 힘들어서 인간의 출입을 금지했다고 하던데."

"사룡이 죽을 때 내뿜은 마력만으로, 이렇게 넓은 숲이 죽음의 땅이 된단 말입니까?"

나는 어이가 없어서 팔코스 경의 말에 반문했다. 그러

자 팔코스 경은 마법사 특유의 연구 자세를 보이며 대답했다.

"칼로스가 사룡이라고 불린 것은 그가 유일한 암흑 고룡(Dark Ancient Dragon)이었기 때문이네. 용왕의 손자이자 천룡 벨페골의 아들인 칼로스야말로 당시에는 지상최강의 드래곤이었지. 그의 마력이면 이상한 일도 아니오."

"그렇군요."

대답을 하면서도 나는 복잡한 기분에 휩싸였다.

이 세상 모든 용들의 어머니인 용왕은 태초에 사방신과 함께 존재했다. 그리고 용왕은 자신의 권속인 용을 낳았고, 용들의 영원한 수장으로 군림하게 되는 것이 드래곤 로드 천룡 벨페골이었다.

그러나 천룡 벨페골은 타락하고 미쳐서 실종되어 버렸고, 각 드래곤 일족의 에인션트 드래곤만 지상에 남게 되었다. 원래 사방신의 권속과 대등했던 용족은 이후 숨죽인 채 대전쟁 아사페트라를 지켜보기만 했던 것이다.

그때였다.

우우우웅—

"뭐, 뭔가?"

나와 이야기를 하던 팔코스 경이 놀랐다. 내 허리춤에 매달린 이누타브 블레이드, 그리고 그것을 싸고 있는 적룡의 검갑이 갑자기 울부짖기 시작한 것이다.

그 공명은 다른 사람들에게는 단지 음파로밖에 들리지 않았지만, 내게는 실제로 존재하는 목소리가 되어서 들려왔다.

청적색의 불길이 눈앞에 펼쳐지며 몽환의 경계에 들어갔다. 나는 멍한 상태에서 그 목소리를 들었다.

[봉인지로 가라! 그곳에 이누타브를 죽일 수 있는 단서가 있노라, 필멸자여!]

쿠구구구….

환상의 영역 속에서 보이는 것은 거대한 화염의 성채였다. 그 성채의 정문에는 한 아름다운 여인이 서 있었다. 머리카락이 온통 선홍색이고 심지어 눈동자마저도 그랬다. 그 빛은 천박하지 않고 고스란히 아름다움을 뿜내고 있었다.

진흑색 드레스를 입은 여인의 전신에서는 상상할 수 없는 기품이 뿜어져 나왔다. 말 그대로 보는 사람을 주눅들게 할 정도였다. 내가 그 자태에 넋을 잃고 있을 때 그녀의 입술이 재차 열렸다.

[북방신 알기로스가 봉인해 둔 것은, 그곳에 만신(萬神)을 살해할 수 있는 병기가 있기 때문이다! 용병왕이

칼로스를 죽일 수 있었던 것은 오로지 그 병기 덕분이니라!]

"뭐라고?!"

나는 뜻밖의 말에 깜짝 놀랐다. 그런 게 있다는 말은 처음 들었다! 내가 보고 느꼈던 사방신의 힘은 가히 차원이 달랐고, 지상의 9클래스 마스터 일천 명이 달라붙는다고 해서 죽일 순 없을 것 같았다. 그런 사방신을 없앨 수 있다니.

"아, 아니 당신은 누구야."

[나는 용왕(龍王). 이 세계의 원래 주인이다.]

"뭐?"

자꾸만 엄청난 정보가 밀려들어 오니 머릿속에 쥐가 날 지경이다. 그렇다면 내 눈앞에 있는 이 절세미녀가 바로 사방신과 대등한 용족의 왕, 용왕이라는 것이다. 내가 뭐라고 말을 하려고 할 때 점차 환상의 풍경이 흐려지기 시작했다.

[서둘러 봉인지로 가라. 이미 너를 막으려는 적도 움직이기 시작했다!]

스르르르.

그 말이 끝나자 나는 완전히 환상의 풍경에서 멀어져

서 현실로 돌아와 있었다. 마치 방금 전의 일이 거짓말처럼 느껴졌다. 아마 용왕의 힘으로 나를 다른 세계로 끌어들인 것이다.

…이럴 수가.

설마 이누타브 블레이드를 싸고 있던 검갑이 용왕이었다니! 미처 생각도 못해 본 일이라 나는 멍하니 그 자리에 서 있었다.

그런데 나를 막으려는 적이라니, 무슨 뜻인가.

"잡담이 너무 길구나! 너희의 정체를 밝히지 않으면 이대로 모두 죽여 버리겠다!!"

귓가에 사나운 레이오페의 목소리가 꽂혔다. 힐끔 바라보니 내가 환상에 머물러 있었던 것은 0.1초도 안 되는 모양이었다. 나는 잠시 고민하다가 레이오페에게 말했다.

"우리는 제국 수도까지 여행을 하고 있던 모험가들이다. 나쁜 뜻은 없으니까 놓아줘."

이게 정상이다.

나 혼자라면 몰라도 일행까지 거느린 상태로는 결코 이 전력을 무사히 통과할 수 없다. 나와 그랑시엘만이라면 여유롭게 전멸시킬 수 있겠지만, 나머지 사람들은 모두 죽고 말 것이다.

지금 중요한 건 나라의 운명이 달린 임무다. 그 후에

와도 늦진 않을 것이다.

하지만 상황은 내 생각대로 흘러가 주질 않았다. 레이오페 옆에 있던 웬 잘생긴 다크엘프 하나가 그녀의 귀에 뭔가 수군거렸다. 나는 청력으로 그 밀담을 엿들었다.

'레이오페 님. 트위스티드의 귀빈들이 마을에 도착하셨다고 합니다.'

'뭐!'

그러자 레이오페의 안색이 바뀌었다. 역시 다크엘프 일족도 트위스티드에 속해 있으니 간부급을 상전으로 대할 수밖에 없는 것이다. 레이오페가 마찬가지로 속삭였다.

'어떤 분이 오셨느냐?'

'환왕 카라얀 님과, 다른 간부 세 분이 오셨습니다. 일단 마을 근처의 결계에서 쉬고 계십니다.'

환왕 카라얀!

나는 그 말에 움찔했다.

'으. 그렇다면 이놈들이 얼쩡거리다가 그분들 눈에 띄기라도 하면 다크엘프 일족이 무능하게 보일 것이다.'

레이오페의 얼굴이 일그러졌다. 내가 레이오페의 마음 속을 읽어 보자, 이미 녀석은 우리를 위협적인 존재로는 생각하지 않았다. 다만 일이 이상하게 꼬여서 앞날을 예측할 수 없었다.

레이오페가 곧 마음을 정하고 내게 외쳤다.

"너희는 무기를 모두 우리에게 반납하고 우리를 따라와라! 이 숲을 수상쩍은 놈들이 돌아다니게 할 수는 없다."

그 말에 쥬엘 경이 항의했다.

"무슨 말인가! 우리를 잡아두려는 건가!"

"그렇다, 인간 기사."

"대체 언제까지 말인가?!"

팔코스 경의 비명 같은 물음에 레이오페가 말했다.

"일주일은 있어 줘야겠다. 죽이지 않는 것만으로도 감사해라!"

"……"

그러자 나와 그랑시엘을 제외한 나머지 인원이 안절부절못했다. 임무는 길어도 칠 일 이내에 성사시켜야 한다. 하지만 이런 곳에 일주일을 붙잡혀 있으면 나중에는 수정천궁을 파괴시켜 봤자다.

그때는 이미 최전방의 콘월 성채가 붕괴하고 내륙까지 제국의 몬스터 군단이 쳐들어와 있을 것이다. 이를 악물고 있던 아스칼리온이 살기를 뿜으며 자신의 칼을 빼어들었다.

파바밧.

그 순간, 아스칼리온의 전신에 삼중으로 포박, 저주,

압박 주문이 걸려 버렸다. 아스칼리온의 갑옷에 항마력이 있어서 죽는 것은 피했지만 전신이 마비되어 버렸다. 아스칼리온이 침음성을 흘렸다.

"크으윽…."

"아스칼리온!"

"인간 따위가 엘프에게 대항하려는 것인가. 너희의 마법 수준은 미약하기 짝이 없다!"

팔코스 경은 분한 표정을 지으면서도 마음속으로 그 말을 인정하고 있었다. 그 또한 7클래스 마스터로서 상당한 마법의 달인인데도, 이 자리에서 1분 이상 못 버틸 거라는 생각을 하고 있었다.

나는 차분하게 일행을 설득했다.

"일단 따라갑시다."

"…어쩔 수 없군."

쥬엘 경이 마지못해 고개를 끄덕이자 다른 사람들도 동의하는 기색이었다. 일단은 잡혀갔다가 기회를 봐서 탈출하는 수밖에 없다.

다크엘프 두셋이 높은 나무 위에서 내려와서 나무덩굴로 우리의 손을 묶었다. 신기하게도 나무덩굴에는 가시가 많았는데도 피부에 닿이지도 않았고 아프지 않았다. 나는 점차 사람들의 MP가 줄어 가는 것을 보고 생각했다.

'이건 마력을 빼앗는 덩굴이군.'

그렇다면 기를 다루는 기사들은 혼자서도 덩굴을 부수고 탈출할 수 있다. 기는 MP가 아니라 정신력이 소모되는 것이었다.

"따라와라."

그렇게 우리는 다크엘프 일행에 붙잡혀서 마을로 끌려가는 신세가 되었다. 다들 분한 표정을 짓고 있었지만 확실히 이 정도만 해도 다크엘프 쪽이 관대한 편이었다. 레이오페가 조금만 더 난폭한 성격이었으면 그 자리에서 싸워도 이상하지 않았을 것이다.

나는 고즈넉한 숲길을 걸어가면서 생각했다.

'카라얀과, 간부 세 명이라고? 그러면 트위스티드 간부 10인 중에서 4명이나 이곳에 와 있다는 소리군.'

말도 안 되는 일이다.

내가 느꼈던 트위스티드 간부의 실력은 지금의 그랑시엘과 비교해도 크게 부족하지 않다. 정면으로 부딪히면 결코 쉽게 이길 수가 없다. 아니, 내게 불사 능력이 없다면 달아날 생각부터 해야 한다.

게다가 카라얀부터 상위의 5인은 차원이 다른 것 같았다. 아무리 생각해도 볼트나 카라얀은 격이 달랐다. 어림짐작으로만 레벨이 50대를 넘어갔다. 만일 다시 카라얀과 싸운다면 승패가 어떻게 날지 모르겠다.

그때였다.

―무사한 것 같아서 다행이네.

"……"

기(氣)가 직접 날아와서 머릿속의 뇌에 부딪히는 느낌. 이건 혹스 씨도 몇 번 썼던 전음(傳音)이라는 능력이었다. 기를 다루는 능력이 극에 이르러야 사용할 수 있다는 비기다.

내게 전음을 보낸 상대방은 내 감지 능력에도 기척이 느껴지지 않았다. 전부터 생각하는 거지만, 동방의 기를 익힌 자들은 자신의 기척을 극도로 낮추는 고유한 스킬을 지니고 있는 것 같았다.

상대가 재차 전음을 보내 왔다.

―나야, No. 25. 사실 너희가 도착하면 길을 안내할 생각이었는데 일이 틀어져서 이렇게 접촉한다.

역시 와 있었구나!

서드 프릭스, 내 고향 친구 녀석이다. 하긴 서드는 무술만으로는 나를 뛰어넘는 실력이니까 이런 일을 해도 이상하진 않았다. 나는 다른 티를 내지 않은 채 묵묵히 다크엘프들을 따라서 걸어갔다.

―반나절만 기다려. 나를 포함해서 지원군 세 명이 갈 거야. 한 명은 내 스승님이고, 다른 한 명은 원래 너희와 같이 갈 예정이었던 사람이야. 최악의 경우에도 모두 무사할 수 있을 거다!

서드의 스승?

나는 문득 나도 전음을 쓸 수 있다는 생각을 했다. 템페스트 레벨이 높아지면서 내가 기를 다루는 능력은 더욱 정밀하고 강해졌다. 전음의 원리도 알고 있으니 손쉽게 사용할 수 있을 것 같다.

레비가 말했다.

레벨 보정에 따른 유니크 스킬 자동 터득! 마스터 클래스의 유니크 스킬인 '전음(傳音)'을 습득했습니다.

아, 레벨 보정이란 것도 있나. 다른 직업의 유니크 스킬이라고 해도, 같은 계열이라면 레벨이 높을 경우 자동으로 익힐 수 있는 모양이다. 나는 기를 가다듬은 후 No. 25에게 전음을 보냈다.

―네 스승은 어떤 사람인데?

그러자 No. 25가 살짝 놀랐다.

―아, 너도 전음을 쓸 수 있구나! 그래 내 스승님은 동방의 육대고수(六大高手) 중 한 명이다. 서방엔 알려지지 않은 분이지.

―육대고수!

나는 그 말에 흠칫했다.

전 세계에는 10명의 마스터가 존재한다. 서방에서는 사대검호라고 하며, 동방에서는 육대고수라고 했다. 다들 소드 오오라를 분출하고 자유자재로 다루는 경지에 이르러 있는 자들이었다.

하지만 사대검호는 육대고수에 비해서 반 수 떨어진다는 게 일반적인 평가였다. 원래 기를 다스리는 능력은 동방에서 전해졌기 때문이다.

동방에는 구대문파(九大門派), 오대세가(五大世家)라고 불리는 무술의 명가가 있다고 했다. 아마도 서드의 스승도 그런 곳의 출신일 것이다.

―그러면 다른 한 명은?

―말해 줄 수 없어. 정확히는 나도 잘 몰라. 단지.

서드의 거리가 점차 멀어지는 것 같았다. 전음이 차츰 끊기면서 약해졌다. 아마도 다크엘프족의 감각이 예민하기 때문에 주의해서 미행하는 모양이다.

―내 스승님의 말로는 '절대로 싸우고 싶지 않은 사람'이라고 하더라고.

"……"

대체 어떤 인간이길래 동방 육대고수가 그런 평가를 내릴 수 있는 걸까.

"리더, 아까부터 말이 없네요."

레인저 루시가 걸어가던 중에 내게 말을 붙였다. 다크 엘프들은 이미 우리가 얘기하든 말든 크게 신경을 쓰지 않았다. 그들의 머릿속에는 트위스티드의 귀빈을 대할 생각으로 가득했다.

나는 주변을 살피다가 말했다.

"루시. 숲을 나가려면 어느 정도 남았지?"

"거의 다 왔어요. 말 그대로 두 시간만 뛰어가면 넉넉하게 통과할 수 있었을 텐데."

루시가 아쉬운 표정을 지었다. 그녀는 레인저이기 때문에 숲의 크기와 넓이를 어림짐작할 수 있다. 루시의 말대로라면 우리는 목적지에 거의 다 와서 잡혀 버린 셈이니, 운도 억세게 안 좋았다.

쥬엘 경이 말했다.

"이런 상황에서도 태연하군. 이 나이까지 전장을 전전해 온 나도 쉽게 진정되지 않는데, 자넨 대체 어떤 수라장을 겪어 온 건가?"

쥬엘 경의 말은 진심이었다. 지금 나와 그랑시엘을 제외한 나머지는 모두 마음속에 크고 작은 불안감이 서려 있었다. 하지만 나와 그랑시엘은 이 정도 상황으로는 눈도 깜박하지 않는 것이다.

나는 잠시 고민하다가 말했다.

"그냥 모험하다 보니 이렇게 되었네요."

그리고 새삼스러운 눈으로 그랑시엘을 바라보았다. 그 말은 그랑시엘도 지난 몇 개월 동안 나 못지않은 아수라장을 헤쳐 왔다는 뜻이다. 그랑시엘이 사신의 탑에서 어떤 일을 겪었는지 듣고 싶다.

그랑시엘과 눈이 마주쳤다. 그랑시엘이 내게 텔레파시를 보내 왔다.

―왜 안 싸운 거야? 싸우면 우리가 이긴다.

텔레파시는 전음과 원리는 비슷하지만, 약간 더 세련된 느낌이었다. 어차피 비슷한 능력이므로 나는 전음으로 화답했다.

―너하고 날 빼고는 다 죽으니까.

―죽어도 임무 중에 명예롭게 전사한 거지. 솔직히 말해서 나머지는 다 짐 덩이밖에 되지 않아!

―그렇긴 한데.

그랑시엘의 날카로운 말에 나는 머리를 짚고 싶었다. 정곡을 찌르고 있지만, 그 말이 꼭 옳은 것도 아니다. 나는 대답하는 대신에 시선을 회피했다.

그랑시엘이 뇌를 송곳으로 찌르듯 재차 텔레파시를 쏘아 왔다.

―넌 언제나 그런 식이야. 이성적으로 판단하고 행동하는 척하면서, 중요한 건 전부 감정적으로 결정해 버려.

난 처음부터 그런 네가 정말 재수 없었어.

"……"

할 말이 없다.

―너만 아니었어도, 무로스는….

무로스?

무로스가 여기서 왜 튀어나와! 나는 그 단어에 화들짝 놀라서 그랑시엘에게 전음을 보냈다.

―그게 무슨 말이야! 무로스가 어떻게 되었단….

―죽었어.

―…….

곧장 날아온 텔레파시에 나는 할 말을 잃고 말았다. 숨기거나 할 줄 알았는데 실수로 한 말이 아닌 것이다. 생각보다 그랑시엘의 원한이 깊은 것을 깨달아 버리고 말았다.

나 때문인가….

"후후."

그랑시엘이 잠시 그 자리에 멈춰 서더니 원독이 서린 얼굴로 웃었다. 그녀를 인솔하던 다크엘프가 무슨 일인지 몰라서 뒤돌아보았다. 그랑시엘은 그 상태로 내게 강렬하게 텔레파시를 보내 왔다.

―네가 훌쩍 동방으로 떠나 버린 다음에, 나는 너를 찾

으려고 무로스를 들볶았어. 그리고 무로스한테 마음을 읽히고 있던 게 부끄럽고 분하지 않은지 물었어. 사흘 밤낮 동안 계속 얘기하고 또 얘기했지.

무로스가 그러더라. 부끄럽지만 너, J. S를 이해한다고. 자신도 같은 상황이면 그랬을 거라고.

그건.

나도 그 자리에 멈춰 섰다. 두 사람이나 이상한 행동을 보이자, 다크엘프들의 눈빛이 사나워졌다. 특히 선두에서 걸어가고 있던 레이오페는 옳거니 싶은 표정을 지었다.

하지만 나는 그런 상황에 신경 쓰지 못할 정도로 머릿속이 혼란스러웠다. 무로스도 나를 극렬하게 미워할 거라고 생각했다. 그런데 나를 이해한다고 말했다니.

―나와 무로스는 더 강해지기로 마음먹었어. 생각해 보면 너하고 동료가 될 수 없는 이유는, 네가 마음을 읽기 때문이잖아.

그러니까, 우리는 마음을 읽히지 않을 정도로 강해지기 위해서 수행을 시작했어. 사신이었던 무로스가 알고 있던 이계(異界), 사신의 탑으로 갔다.

…너희는 그렇게 생각했던 거냐.

"무슨 일이지? 뭔가 우리에게 불만이라도 있는 거냐? 인간."

레이오페가 시비를 걸듯이 내 앞으로 걸어왔다. 그녀의 얼굴에는 거만하고 잔인한 기색이 역력했다. 내가 대답을 하지 않자 레이오페가 손으로 내 뺨을 갈겼다.

쫙!

"헉!"

얼굴에 붉은 자국이 나고, 지켜보던 사람들이 다들 긴장했다. 하지만 그러거나 말거나 나와 그랑시엘은 그 자리에 붙박혀서 움직이지 않았다.

이딴 일은 지금 중요한 게 아냐.

그랑시엘이 계속해서 말했다.

─사신의 탑은 정상에 오른 자에게 최강의 힘인 선홍혈(Phantom's Blood)을 부여하며 사신에 맞먹는 권능을 준다는 시련이었다. 나와 무로스의 실력으로는 탑의 절반까지가 한계였고, 수호자에게 당해서 죽을 위기에 몰렸어.

그때 무로스가 죽어 가는 나한테 그러더라.

"대답을 안 해? 건방진 놈이!!"

레이오페는 계속해서 내가 침묵하자 화가 났는지 발로

내 명치를 찼다. 나는 원래 이 정도 공격은 모기 물린 것만도 못하지만, 그냥 쓰러져 줬다. 전신에 힘이 풀렸기 때문이다.

모로 쓰러져서 흙냄새를 맡으면서도 정신이 없다.

뭘까. 이 기분은….

―함께 했던 시간은 적었지만 나랑 너하고 같이 여행했던 시간은, 무로스가 사신으로 살아왔던 5,000년보다 더 즐거웠다고. 그리고 나만이라도 사신의 탑에서 살아나가야 한다고….

그렇게 말하면서 내게 자신의 힘을 모두 넘겨주고 소멸되었지. 소멸이야. 성직자의 힘으로도 부활할 수 없고, 영원히 이 세계에서 자신의 존재가 사라져 버리는 소멸.

내 눈이 점점 텅 비어 가기 시작했다.

―난 무로스의 힘으로 사신의 탑의 정상에 오르고, 선홍혈의 힘을 얻었어. 그런데 내가 그다음에 알게 된 기막힌 사실이 뭔지 아니?

무로스는 네가 동방에 갔을 때부터 임무가 끝나 있었어. 명부왕은 네가 출항하자마자 임무를 거둬들였고, 무로스는 다시 하급 사신으로 복귀할 수 있었던 거야. 그런데도 무로스는 굳이 나와 너를 위해서 사신의 탑으로 가 줬어.

 그만.
 그만해, 그랑시엘.
 더 이상 하면, 나는, 더 이상.

―언젠가 우리 셋이 다시 모험을 할 수 있는 그 날을 위해서. 언젠가 돌아올 네 앞에서 진정한 동료로서 서 있기 위해서 가 준 거야.

 그만! 그만하라고!

―우린 너를 믿었어.

 부서져 버린다.
 마지막 말에 내 정신은 붕괴되기 직전까지 몰렸다. 마음속에 있던 무언가가 팍 하고 부서지는 느낌이 들었다. 수십 번도 넘게 겪었던 죽음의 위기보다 더욱 절실하고 아픈 마음이 내 정신을 뒤덮었다.
 나를, 믿었다고?
 나는 너희를 믿지 않았어. 마음을 읽을 수 있는 인간이 있으면 누구도 친구가 될 수 없다. 그래서 나는 너희를 다시 만나고 싶다고 생각하면서도, 한편으로는 껄끄러웠다.

솔직히 다시 만나고 싶었냐면 그렇지 않았다.

그런데 나를 믿었다니. 나의 동료가 되어 주기 위해서 그렇게까지 했다니. 가슴속에 넘쳐 나는 죄책감과 나 자신에 대한 분노 때문에 어찌할 수 없다.

…나는 병신이다. 나는 괴물이다.

처음부터 끝까지, 이뤄 내는 거라곤 하나도 없는 병신이고 이런 상황에서도 변변한 말 한마디 못하는 괴물이다.

죽고 싶어. 죽고 싶어. 죽고 싶다고.

제발… 나라는 인간을 죽여 줘. 이런 인간쓰레기를.

그랑시엘은 더 이상 텔레파시를 쓰지 않았다. 대신에 그 자리에 서서, 하늘을 쳐다보았다. 하늘은 흐리고 비가 올 것처럼 변해 있었다.

"그런데 넌!!! 아직까지도 사람을 믿지 못하고, 백년천년 혼자서만 살아가고 있어!! 언제까지 애처럼 굴 생각이야?!"

다들 화들짝 놀라서 그랑시엘에게 시선을 집중했다. 갑작스러운 일이었다. 하지만 나만큼은 고개를 숙인 채 얼굴을 들지 못했다. 그때 마침 비가 후두둑 내리기 시작했다.

쏴아아—

빗줄기 사이에서 그랑시엘의 호통이 쩌렁쩌렁 울려 퍼졌다.

"철 좀 들어, J. S!!"

나는 끝내 고개를 들지 못했다. 극심한 죄책감이 내 가슴을 사로잡았다. 지금처럼 내 자신이 비굴하게 느껴진 적이 없다.

"크, 네놈들 우리 몰래 대화하고 있었던 것이냐!"

파앗!

그에 놀란 레이오페가 급히 손을 내뻗어서 그랑시엘의 얼굴에 갖다 대었다. 주문이 맺혀 있으니 레이오페가 생각만 하면 곧장 화염 주문이 그랑시엘의 면전을 강타할 것이다.

위험하다.

"잘 들어, J. S. 난 지금까지 네게 무슨 일이 있었는지 모르겠고, 알고 싶지도 않아! 누가 뭐라고 변명을 하든 무로스는 너와 나 때문에 죽은 거니까! 그 책임만은 우리가 죽을 때까지 지고 가야 하니까!"

한마디 한마디가 마음을 쑤셨다.

"닥쳐!!"

레이오페가 으르렁거렸지만 그랑시엘의 말은 멈추지

않았다. 아무리 대비 주문이 있어도 레이오페도 7클래스 마스터다. 저렇게 가까운 거리라면 그랑시엘도 목숨이 위험하다.

그랑시엘은 그걸 아랑곳하지도 않고 말했다.

"하지만 하나만, 딱 하나만 알아 둬! 너와 나는 동료고, 앞으로 네가 만나게 될 모든 사람이 동료가 될 수 있을 거야! 타인을 믿고 자신의 마음을 내맡길 수 없다면 너는 끊임없이 그 자리에 맴돌 거야!! 무로스의 마음도 영원히 보답 받지 못해!"

"……!!"

그 말은 내 마음속 깊은 곳을 맹렬하게 자극했다. 나는 나도 모르게 고개를 번쩍 들고 말았다.

"닥치라고 했지!!"

콰앙!

폭발음에 숲의 까마귀 떼가 후드득 홰를 치며 날아갔다. 땅의 낙엽에 선혈이 점점이 뿌려졌다. 매캐하게 살이 익는 냄새가 고약했다.

"너."

레이오페는 손을 뻗은 채로 인상을 찡그렸다. 그녀는 방금의 공격이 마음에 들지 않았던 모양이다. 그래도 4클래스 급 주문이었는데.

"미쳤나?"

"……."

나는 어느새 덩굴을 끊은 채로 그랑시엘의 얼굴과 레이오페의 손 사이에 내 손을 밀어 넣고 있었다. 당연한 결과로 내 왼손은 그대로 터져 나가고 말았고, 손목이 불씨에 타면서 매캐하게 익는 냄새가 났다.

불에 탄 내 손목이 땅을 굴렀다.

다크엘프도 이 광경에 아연했는지 그 자리에 멈춰서 움직이지 않았다. 일행은 난데없이 큰일이 벌어지자 허둥대는 기색이었다. 나는 그들을 신경 쓰지 않고 그랑시엘에게 말했다.

"나도, 변할 수 있을까?"

진심을 담는다.

내 말에 진심을 담는다. 더 이상 이 세상은 내 마음대로 마음을 읽고, 마음대로 강해지는 곳이 아니다. 사람은 사람이다. 그 마음을 진심으로 받아들인다.

그랑시엘은 언제나와 같이 팔짱을 꼈다. 그리고 처음으로 살풋이 웃었다.

"물론. 너는 우리 동료잖아. 마찬가지로 우리 모두가 너의 동료니까, 믿고 맡겨도 좋아."

그랑시엘은 처음부터 내 마음을 직감으로 읽고 있었다. 그녀에게 그런 능력 따윈 없을 텐데도— 동료이기 때문에 서로의 마음을 짐작하고 있었던 것이다.

나는 그만 고소를 짓고 말았다.
"좋아."
레비가 빠르게 메시지를 전달해 왔다.

[사신 타나토스의 고유스킬 명왕부(冥王府) 발동! 회피율이 99.99%로 고정됩니다!]
[이누타브 플레이트 소환!]
[루나 플레이트, 시전 완료!]

솔직히 말해서—

나는 여행을 시작한 이래로 아무도 믿지 못하고 있었어. 그리고 지금도 그건 마찬가지다. 나는 인간이 인간을 진심으로 믿을 수 있다고 생각한 적은 단 한 번도 없다.

나도 나를 믿지 못했다.

하지만 이런 나라도 변할 수 있다면, 그리고 사람 사이의 유대 관계를 얻을 수 있다면. 나는 어떤 불가능한 짓이라도 도전해 주겠다.

모두가 다치지 않게 하면서 정면 돌파하는 짓이라고 할지라도.

"여러분, 상황이 바뀌었습니다."

나는 갑옷을 소환하는 찰나의 순간에 눈을 빛냈다.

"여러분을 믿고 싹 쓸어버리도록 하죠."

콰광!

동시에 이누타브 플레이트에서 선홍색 홍염이 퍼져 나가면서 엄청난 속도로 폭염의 파도를 일으켰다. 우리를 잡고 있던 덩굴은 그 폭염에 그대로 불타 버렸고, 다크엘프들은 당황하면서 모두 블링크로 피했다.

레이오페가 분한 듯이 외쳤다.

"크으, 인간들을 믿다니 내가 어리석었다!"

하지만 대원 중에서 다친 사람은 아무도 없었다. 내 폭염 속에 있어도, 이건 내 권능이기 때문에 조절할 수 있기 때문이다.

몸이 자유롭게 된 대원들이 저마다 무기를 뽑아 들면서 전투 자세를 취했다. 옆에서 아스칼리온이 약간 까불거렸다.

"진작 이렇게 할 것이지!"

"저 녀석들을 쓸어버리세!!"

쥬엘 경도 몸이 뜨거워졌는지 자신의 체인 롱소드에 검기를 일으켰다. 나는 폭염의 파도가 끝나는 순간 빠르게 주문을 외웠다.

"네메시스(Nemesis)!!"

쿠우웅!

마스터 팔라딘의 레벨에 가까워지면서 얻게 된 유니크 스킬! 아직 나는 마스터 팔라딘은 아니지만, 네메시스만 있어도 웬만한 적은 이길 수 있다. 네메시스가 발동되자 덩굴가시가 전원의 몸에 둘러쳐졌다.

팔코스 경이 말했다.

"이건 뭔가?"

"모든 물리 공격과 마법 공격을 '3배'의 위력으로 반사하는 실드입니다. 30초 동안 유지됩니다."

"헉! 그런…."

다들 내 설명을 듣자 아연해했다. 세상에 실드 주문과 반사 주문은 많지만, 네메시스 같은 성능은 어디에도 없다. 대전쟁 아사페트라 당시에 이누타브의 성기사들이 최강으로 군림했던 이유다. 네메시스를 쓰고 이누타브의 권능을 휘두르는 성기사 앞에서는 어떤 전사나 마법사도 무력하기 짝이 없었기 때문이다.

하물며 지금의 나는 최강이라 칭송받는 마스터 팔라딘 직전의 단계. 엘프 일족에서 영락해서 떨어져 나온 다크 엘프 따위는 전혀 두렵지 않다.

나는 조용히 중얼거렸다.

"레벨업."

[템페스트 레벨이 19로 상승했습니다!]
[9클래스 진입권한이 생겼습니다!]
[마스터 나이트 진입권한이 생겼습니다!]
[조건을 충족하지 못해 마스터 팔라딘으로 전직할 수 없습니다.]

쏴아악!

"허억!"

내 HP와 MP가 빠르게 회복되면서 폭발했던 손목이 순식간에 재생했다. 그 모습을 보던 사람들이 소스라치게 놀랐지만, 나는 아랑곳하지 않은 채 검을 치켜들었다.

이제 남겨진 경험치는 많지 않다. 퀸틸리온의 경험치를 소모하면 무적에 가깝겠지만, 그렇게까지 강해질 필요는 지금 없다.

지금은 내 곁에 있는 사람들을 지킬 정도만 강해질 수 있으면 족하다. 나는 청력으로 다크엘프들이 서 있는 위치를 확인한 후에 외쳤다.

"티마이오스!!"

쿠웅!

9클래스 궁극 주문, 시간의 회랑이 펼쳐졌다. 거의 시간이 멈춰진 공간에서 내 몸이 유유히 움직이며 다크엘프들 사이로 파고들었다. 나는 내 위치가 적절한 것을 확인하자마자 그대로 8클래스의 광역 포박 주문을 시전했다.

파바밧!

순식간에 다크엘프 스물의 전신에 검은색 오라가 둘러쳐지더니 마력을 봉인해 버렸다. 그러고도 시간이 남아서, 남은 다크엘프들을 어떻게 제압할지 생각했다.

[새로운 유니크 스킬을 써 보세요!]

'뭐지?'

레비의 말에 반문하자, 내 눈앞에 빠르게 창이 떠올랐다.

[유니크 스킬 검기 점혈(Holding Aura). 이제 1레벨만 올리면 마스터 나이트가 되실 수 있으니 생겨난 스킬입니다!]

"그러지 뭐."

나쁠 거 없지.

나는 빠르게 뛰어들어서 유니크 스킬을 발동할 준비를 했다. 바로 다음 순간 티마이오스의 시간 회랑이 풀려났고, 내 검이 순간적으로 허공에서 춤췄다.

검 끝에서 기묘한 검기가 뻗어 나가더니 다크엘프들의 전신을 송곳처럼 찔렀다. 워낙 세밀하고 정확해서 다크엘프들은 반응하지도 못한 채로 그 자세로 굳어 버리고 말았다.

다크엘프들은 기괴한 소리를 지르며 도망치려고 했지만, 목에서도 소리가 나오지 않는 듯싶었다. 말 그대로 육체의 모든 통제권을 뺏어 버리는 기술이었다.

다크엘프쯤 되면 육체 능력도 웬만한 전사에 뒤지지 않는다. 그런데 이토록 손쉽게 검기로 제압할 수 있다니! 내가 속으로 놀라고 있을 때 저만치에서 레이오페가 이를 악물며 주문을 외쳤다.

"서몬 헬 프리즈너(Summon Hell Prisoner)!!"

"뭐?!"

팔코스 경이 깜짝 놀랐다. 그도 그럴 것이, 저 주문은 8클래스에 속하는 소환 주문이기 때문이다. 내 레벨업 능력으로 보기에는 레이오페는 7클래스 마스터인데 8클래스 주문을 써 버린 것이다.

'그렇군.'

하지만 이내 이해할 수 있었다. 레이오페는 소환 계열에 특화된 마법사라서 원래 경지보다 1클래스 높은 주문을 사용할 수 있는 것이다. 대신 원소 주문을 거의 사용하지 못한다는 단점이 있었다.

쿠오오오.

레이오페의 앞에 갑자기 마법진이 펼쳐지더니 크기가 무려 8미터에 이르는 거대한 마수가 소환되었다. 마수는 소환되자마자 자신의 뿔을 치켜들며 울부짖었다.

[크어어어어어어!!!]

부웅부웅.

"조심해!!"

아스칼리온이 크게 외치면서 몸을 굴렀다. 다음 순간 마수의 기다란 뿔에서 어두운 기운이 뻗어 나와서 구체처럼 변하더니, 사방에 폭발하면서 내려 꽂혔다.

콰과과광!

아스칼리온의 경고 덕분에 다친 사람은 아무도 없었다. 나는 새삼스러운 눈으로 아스칼리온을 바라보았다. 방금 전에는 직감으로 상대의 필살기를 간파해 낸 것이다.

'경험치를 조금 전해 준 것만으로 저렇게 강해지네.'

어쩌면 내 레벨업 능력은 생각보다 더욱 사기적인 능력일지도 모르겠다. 나는 그런 생각을 하면서 소환된 마수에게 한쪽 손을 내뻗었다.

"돌아가라, 마계의 환수여(Return)!!"

거꾸로 된 마법진이 손앞에 나타나더니 마수의 몸을 뒤덮었다. 이건 소환수를 원래 세계로 돌려보내는, 소환 마도사에게 극성인 주문이다. 그 모습을 본 레이오페가 당황하더니 곧장 내 주문에 대항했다.

"머물러라, 계약의 주문이여(Stay)."

파앙!

빛이 떠오르더니 괴로워하는 마수를 자유롭게 했다. 나는 그 모습에 레이오페의 실력이 상당하다고 느꼈다. 적어도 이런 소환 싸움에는 능통한 것 같다.

그때 쥬엘 경과 아스칼리온이 동시에 상대에게 짓쳐 들어갔다. 그들이 끌어올린 검기가 날카롭게 마수의 전신을 난도질하는 데는 채 1초도 걸리지 않았다.

스각!

"단단하군!!"

쥬엘 경이 체인 롱소드를 다잡으며 인상을 찌푸렸다. 그와 아스칼리온은 왕국에서 스무 손가락 안에 드는 기사인데도, 마수의 전신에 생채기 다발을 만들었을 뿐 처치하지 못한 것이다.

레이오페가 빠르게 마수의 머리 위로 떠오르더니 마수에게 명령을 내렸다.

"공격해라!!"

[크오오오오오!! 레인 오브 다크(Rain of Dark).]

마수가 주문을?!

보통 소환되는 마수는 육탄전을 주로 할 뿐, 마법을 쓸 수 있는 마수는 굉장히 드물었다. 그런데 저 마수는 육체도 강할 뿐만 아니라 상위 마법까지 시전하는 것이다.

마수의 몸 주변에 떠오른 암흑의 폭염이 점차 파도처럼 변하더니 지상에 내려 꽂혔다. 대단한 위력이었지만, 미리 대비하고 있던 팔코스 경이 그대로 카운터 주문을 외웠다.

"헤일로 실드(Halo Shield)!!"

7클래스의 방어 주문이 우리를 감싸자 마수의 공격은 허사로 돌아가 버렸다. 하지만 마수는 이미 예측하고 있었는지 그대로 발을 들어 올려서 지축을 밟았다.

꾸웅!

재차 아스칼리온이 몸을 굴려서 피했지만 진동파만으로 몸이 튕겨 나갔다. 마수의 힘도 어지간한 거인족보다 강한 것이다.

고위 마도사가 소환한 마물은 이 정도로 강한 것이다.

그때 그랑시엘이 서서히 손을 들어 올렸다.

"하면 되잖아. 내가 끝장낼게."

오오오오오.

그랑시엘의 다섯 손가락에 조그마한 뇌염이 맺혀서 일그러졌다. 마치 새벽의 이슬처럼 남아 버린 불꽃은 맹렬하게 춤추며 솟아올랐다. 그리고 어둠을 사르듯이 천천히 떠올라서 마수의 전신을 감쌌다.

[커어!!]

마수는 불길함을 느꼈는지 손을 크게 휘저었지만, 그

게 실수였다. 차라리 몸을 굴리거나 해서 피했으면 좋았던 것이다. 그랑시엘이 미소를 지으며 손을 꽉 쥐었다.

"와라, 선홍혈(Phantom's Blood)."

그랑시엘이 얻은 최강의 힘.

츄와아악!!

떠오른 불꽃이 마치 피바다를 연상시키듯이 공간을 넘실거렸다. 마수는 순식간에 피바다 같은 선홍혈 속에 갇혀서 움직이지 못했다. 마수의 어깨 위에 올라서 있던 레이오페가 당황하면서 주문을 구사했다.

"이런! 서모닝 아크(Lightning Arc)!!"

팔코스 경도 한 번 사용한 아크 계열의 주문은 기존 주문을 강화하는 것이었다. 아크의 주문이 덧씌워지자 마수는 한층 더 강하고 빠르게 몸을 꿈틀거렸지만, 결코 선홍혈의 공간에서 움직일 수는 없었다.

나는 그 모습을 보고 급히 그랑시엘에게 외쳤다.

"레이오페는 죽이지 마!"

"……."

그 말에 그랑시엘은 곱지 못하게 내게 눈을 흘겼다. 레이오페가 마음에 안 들었나 보다. 그녀는 흥 하는 소리를 한 번 내더니 그대로 선홍혈의 힘을 발동하기 시작했다.

다크엘프와 신전

[선홍혈이 발동했습니다.]
[대상은 60초간 힘, 지능, 건강이 50%로 고정됩니다. 회복 주문이나 복원 주문으로 되돌릴 수 없습니다.]
[혈기옥(血氣獄) 창조 중…]

 마수는 눈에 띄게 움직임이 느려져서는, 종래에는 선홍혈의 붉은 뇌염 속에서 움직일 수가 없게 되었다. 선홍혈에 스며들어 있는 저주의 힘이 마수의 능력을 낮추고 움직임을 속박해 버린 것이다. 설령 나라고 해도 저기에 당하면 어쩔 수 없다.
 이윽고 마수의 전신을 감싼 둥글고 붉은 구체가 크게 팽창했다. 저게 혈기옥, 상대의 피를 흡수해서 HP를 강제로 10%로 깎아 버린 후에—
 퍼버버벙!
 그 안에 있는 대상에게 2,000의 데미지를 준다!
 [크아아아아아아!!!]
 마수가 비명을 내지르며 모로 쓰러졌다.
 그것만으로도 레벨 30 이하의 웬만한 적은 일격에 빈사 상태가 되거나 즉사해 버리고 만다.

쿠궁!

마수가 쓰러짐과 동시에 나무들이 우지끈 부러지며 장관을 연출했다. 사방으로 흙먼지가 날리고 나무 조각이 비산했다. 설마설마 했지만 그랑시엘이 겨우 한 수로 마수를 쓰러뜨려 버린 것이다!

쿠구구구.

그랑시엘의 전신에는 선홍색 기운이 마치 핏빛처럼 뿜어져 나오고 있었다. 그녀의 눈 또한 완전히 선홍색으로 물들어 있어서, 백색 머리칼과는 다소 이질적으로 느껴졌다. 귀기스러운 아름다움이 느껴졌다.

그랑시엘이 선홍색 눈동자를 반짝이며 말했다.

"죽이진 않았어."

그 말에 일행은 마수에게 달려가서 거기에 쓰러져 있는 레이오페를 발견했다. 마지막에 그랑시엘이 힘 조절을 해서인지 레이오페는 그저 저주에만 걸린 채 기절해 있었다.

아스칼리온은 시키지도 않았는데도 덩굴줄기를 뜯어서 레이오페의 손발을 묶었다. 녀석은 묶으면서 내게 말했다.

"대장. 이젠 어떻게 합니까?"

이젠 완전히 나를 리더로 인정한 것 같았다. 나는 잘된 일이라고 생각하면서 잠시 고민했다. 옆에서 쥬엘 경이 말했다.

"다크엘프는 싸우면서 하나도 죽이지 않은 것 같군. 하지만 그들을 남겨 두면 나중에 재앙의 불씨가 될 것이오."

"……."

빙 돌려서 말하고 있지만, 다크엘프들이 나중에 복수하려고 찾아올 테니 마을을 공격해서 끝장내자는 말이었다. 나는 그 말에 고개를 절레절레 저었다.

"지금 우리가 섬멸전이나 하고 있을 여유는 없습니다. 하지만 이놈들의 배후에 뭐가 있는지 정도는 보고 가도 좋습니다."

"그렇게 치자면, 임무가 급하지 않소."

나는 차분하게 쥬엘 경을 설득했다.

"이자들은 누군가 상위 간부를 만나려 하고 있었습니다. 그래서 우리를 바로 없애지 않고 붙잡은 거고요. 그자들은 제국의 중요한 요인이거나 전력일 것입니다."

"흐음. 그들을 치자는 말이오."

"네."

쥬엘 경을 비롯한 일행이 내 말을 이해하고 고개를 주억거렸다. 섬멸전과 다른 점은, 우리가 굳이 다크엘프를 몰살시킬 필요는 없다는 것이다. 그 간부들을 없애지 못하더라도 정체만이라도 알아 가면 그걸로 족한 것이었다.

팔코스 경이 스윽 앞으로 나왔다.

"이 다크엘프의 심문은 내게 맡기시오."

"부탁합니다."

그가 씨익 웃었다.

"나는 젊었을 때 왕국 심문단에 있었소. 정신 마법을 쓰면 어지간히 강한 기사가 아니면 모두 정보를 토해 내게 할 수 있소."

심문단(Executor)!

그 정체도 잘 알려지지 않았지만, 왕국의 기저에서 활동하면서 적들을 세뇌하고 정보를 빼낸다는 특수부대였다. 극소수의 엘리트 마법사와 기사만 배치된다는 말이 있었는데, 팔코스 경이 심문단 출신이라면 기대할 만하다.

팔코스 경이 심문을 준비하는 동안 나는 그랑시엘에게 다가갔다. 마침 그랑시엘은 선홍혈 모드를 풀며 원래 모습으로 돌아오고 있었다.

슈우우우.

선홍혈이 풀리자 그랑시엘이 내 쪽을 돌아보았다. 백색 머리칼에 백색 눈동자. 마치 새하얀 고양이 같은 녀석이다. 나는 그랑시엘의 눈을 정면으로 쳐다보았다.

"사과할게."

"이제 와서 무슨."

그랑시엘이 다시 코웃음을 치며 고개를 돌리려 했지만, 나는 강하게 손을 붙잡았다. 그러자 그랑시엘이 의외인지 나를 뻔히 쳐다보았다.

더 이상 놓칠 수 없어.

"부탁이야. 나하고 평생 같이 모험하자!!"

나도 모르게 말이 튀어나왔다.

"……."

정적이 잠시 동안 흘렀다.

어?

그랑시엘이 갑자기 얼굴이 붉어지면서 내 시선을 피했다. 평소부터 여자답지 않게 패기 넘치고 오만했던 녀석답지 않다.

왜 저래? 내가 그 이유를 생각하고 있을 때 주변의 시선과 마음이 읽혔다.

'좋을 때네요.'

레인저 루시가 속으로 부러워했다.

'저런 면도 있었군.'

'뭐 어울리니까 저대로 냅두지 뭐.'

팔코스 경과 아스칼리온의 생각은 비슷했다.

'허허. 선남선녀가 만났구먼.'

쥬엘 경이 흐뭇해했다.

"……!!"

아, 설마!

나는 그제야 내가 무슨 말을 했는지 알아챘다. 그러고는 약간 당황해 버렸다. 내 말은 그냥 동료로서 앞으로도 떨어지지 말자는 거였는데, 듣기에 따라서는 고백으로 들릴 수 있는 것이다!

내가 뭐라고 변명을 하려고 입을 열 때였다.

"…좋아."

"응?"

"좋다구."

다음 말은 거의 사람 귀에 들리지 않을 정도였다. 그랑시엘은 그 말을 하자마자 귀까지 새빨개져서 고개를 돌려버렸다. 나는 뭐라고 할 말이 없어져서 그 자리에 붙박혀 버렸다.

그, 그러니까 지금 받아들인 거구나.

"……"

내가 멍하니 서 있을 때 옆에 서 있던 아스칼리온이 손가락으로 휘파람을 만들어서 불었다. 휘익 하는 소리가 귓가를 간질였지만 신경도 쓸 수 없었다.

지금 내가 무슨 일을 저지른 거지.

"엘 로테."

"……"

스으.

곧 팔코스 경의 정신지배 주문이 기절한 레이오페에게 걸리고, 레이오페는 초점 없이 흐려진 눈을 떴다. 팔코스 경은 그런 레이오페에게 조용히 물었다.

"너는 누구냐?"

"…레이오페… 다크엘프 레이오페."

"네가 살고 있는 곳은 어디냐?"

"다크엘프 마을…."

"너는 무엇을 하고 있었느냐?"

레이오페의 성조는 흐릿했지만 내용은 또렷했다.

"아르넨스 숲에 수상쩍은 인간들이 난입했다는 말을 듣고 잠복하고 있었다… 경우에 따라서 말살하라는 명령을 들었다…."

"누가 너의 상관인가?"

팔코스 경은 대화가 아니라 말 그대로 심문을 하고 있었다. 정신지배의 요령은 상대에게 생각할 여유를 주지 않는 것이다. 우리가 숨죽이고 그 광경을 지켜보고 있을 때 레이오페가 고개를 까닥거렸다.

"트위스티드의 서열 5위, 카라얀 님… 그분은 환왕으로서 모든 이종족을 이끌고 계신다…."

"들어 본 적 없군."

팔코스 경이 고개를 갸웃거렸다. 나와 그랑시엘을 제

외하고는 아무도 모르는 모양이다. 하긴 트위스티드가 비밀 조직이니 카라얀의 정체가 알려질 리가 없다.

"너희 마을은 어디에 있느냐?"

"북북동으로 3km를 가면 은폐 주문으로 숨겨져 있다… 룬의 통나무로 마력을 높여서 엘프 일족이 아니면 발견할 수 없다…."

나는 힐끔 그랑시엘을 바라보았다. 그랑시엘은 엘프의 시력도 갖고 있으므로, 함께 간다면 무리 없이 마을을 발견할 수 있을 것이다. 팔코스 경도 그렇게 생각했는지 다른 질문을 했다.

"거기에는 누가 있느냐?"

"우리 부족의 전사가 오십여 명… 그리고 트위스티드의 간부 네 분께서 와 계신다…."

"보통 문제가 아니군."

팔코스 경은 심각한 표정을 지었다. 하긴 레이오페를 비롯한 다크엘프 전사들도 일반 병사 천 명에 맞먹는 위력이 있었다. 그들보다 더욱 다크엘프가 많다면 이 인원으로 상대하기는 버거울 것이다.

거기에다가 간부급까지 있으면 더욱 불가항력인 것이다. 팔코스 경은 힐끔 나를 바라보더니 레이오페에게 물었다.

"간부들은 저자보다 더 강한가?"

"……."

레이오페는 흐릿한 눈으로 나를 쳐다보더니 눈을 끔벅거렸다. 그러더니 머리가 아픈지 지끈거리는 표정을 짓다가 입을 열었다.

"모르겠다… 그러나 그분들이라면 저자를 이기실 수 있을 것이다…."

"허어!"

팔코스 경이 황당한지 탄식음을 냈다. 그가 잠시 생각하다가 내게 말했다.

"이 주문은 상대의 무의식 그 자체에 묻는 것이기 때문에, 결코 거짓을 말할 수 없소. 아마 다크엘프 마을에는 괴물이 넷이나 있는 듯싶소."

레이오페는 내 신위를 직접 눈으로 보았다. 그런데도 마음속으로 그렇게 믿고 있다면, 환왕 카라얀과 아크라는 자의 실력이 대단할 것이다. 팔코스 경이 뭔가 기대하는 표정으로 바라보았다.

"그런 곳에… 굳이 갈 필요가 있겠소?"

"……."

아크라.

아크라는 이름은 처음 들어 보았다. 그래서 나는 팔코스 경에게 허락을 구한 다음, 레이오페에게 물었다.

"아크는 서열 몇 위냐?"

"그는… 서열 10위로서 말단… 누구도 얼굴을 본 적이 없으며, 늘 강철에 둘러싸여 살아가는 자…."

10명 중 10위? 게다가 레이오페의 입에서도 말단이란 소리가 나올 정도면 서열이 낮긴 하다. 그런데 카라얀과 함께 나를 이길 자로 거론되다니 이상했다.

"네 명이 누구누구인지 말해 봐."

"서열 3위 프론스티 님… 서열 5위 카라얀 님… 서열 7위 디건 님… 서열 10위 아크 님이다…."

"프론스티!!"

그 말에 경악한 것은 내가 아니라 팔코스 경이었다. 그는 이마에서 땀을 비 오듯이 흘리면서 놀랐다. 사람들이 그에게 시선을 향하자 팔코스 경은 소매로 식은땀을 훔치며 말했다.

"그는 최초의 9클래스 마스터 티마이오스의 아들이오. 설마 지금까지 살아 있었다니… 트위스티드란 조직은 정말 엄청나군."

그렇다.

게다가 프론스티는 처음부터 나를 뒤쫓고 있었다. 내가 목걸이에 걸려 있던 사신의 계약을 해제해 버린 걸 알았으니, 명부에 영혼을 팔아 버린 그로서는 나를 잡으려고 할 수밖에 없다. 다행히도 동방에 가자마자 바로 오레이칼코스의 세계로 가서 큰 추격은 없었지만.

프론스티는 사신인 무로스조차도 두려워했다. 아마 그는 이미 궁극의 경지에 이르러 있을 것이다.

거기에다가 카라얀에 디건은 둘 다 한 번씩 싸워 본 녀석들이다. 둘 다 지금의 나라면 호각 이상으로 싸울 수 있겠지만, 놈들을 한꺼번에 감당할 수 있냐면 그렇지 못하다.

또한 서열이 말단이긴 하지만 아크도 나를 이길 만한 실력으로 평가되었다. 강철 갑옷 같은 걸로 전신을 두른 놈인 모양인데, 놈도 나름대로 능력이 있으니까 10인 중에 들어갔을 것이다.

머릿속으로 한 번 트위스티드의 서열을 정리했다.

1위 라스트 원. 2위 페드라크. 3위 프론스티.
4위 노레트. 5위 카라얀. 6위 볼트 장군.
7위 디건. 8위 정체불명(모름). 9위 센마.
10위 아크.

나는 갑자기 센마가 생각났다. 녀석은 내게 두 번이나 결투를 건 다음, 홀연히 항구도시에서 사라져 버렸다. 이후에 트위스티드 본부로 복귀했을까?

"이봐. 센마는 지금 너희 본단에서 일하고 있냐?"
"…서열 9위 센마는, 죽었다."

"뭐!!"

나는 깜짝 놀라고 말았다. 그 죽여도 죽지 않을 거 같던 초고수, 센마가 죽다니? 나는 레이오페의 어깨를 붙잡으며 다그쳤다.

"무슨 소리야! 자세히 말해 봐."

"아아…"

레이오페는 내 손길에 흔들리면서도 흐리멍텅한 눈이었다. 최면 주문이 강력한지 정신을 차릴 수 없는 모양이다. 그 모습이 또한 아름답고 고혹적이었지만 크게 눈에 들어오지 않았다.

"그녀는 원래 셈 왕국의 공주… 그래서 실력과는 관계없이 귀빈으로 대접받았다. 그러나 연이은 임무의 실패로 책망을 들었고… 결국 프론스티 님이 직접 그녀를 처리하셨다…."

"…프론스티가."

나는 그 자리에 망연하게 앉아 버렸다. 센마는 결국 본부로 복귀했지만, 책임을 물어서 프론스티에게 살해당한 것이다. 비록 적인데다 내 심장을 뚫은 적도 있는 여자지만 이토록 허망하게 죽다니 믿을 수 없었다.

등 뒤에서 왠지 날이 서 있는 그랑시엘의 목소리가 귓가에 꽂혔다.

"그래서 어떻게 할 거야? 카라얀 하나 정도라면 나 혼자 어떻게 할 수 있지만, 비슷한 레벨의 고수가 두세 명이나 더 있으면 이 멤버론 어쩌지 못해."

"그건 그렇군."

나는 그랑시엘의 말을 인정할 수밖에 없었다. 만일 훅스 씨나 블라스팅이 같이 있다면 전면전을 해도 이길 수 있겠지만, 지금의 멤버로는 레벨이 너무 딸린다. 이들은 디건의 마왕문도 변변히 감당하지 못할 것이다.

하지만 이대로 물러날 수는 없다. 나는 이누타브 블레이드를 감싸고 있는 적룡의 검갑을 힐끔 내려다보았다.

'용왕이 직접 말한 거다.'

용왕이 말한 [신을 죽이는 병기]. 그걸 얻어야만 한다. 얻지 못하더라도 정보는 알아내야 한다.

상황도 그렇게 흘러가고 있었다. 저 막강하기 짝이 없는 트위스티드 간부 10인 중의 네 명이나 조그마한 다크엘프 마을에 몰려들었다.

바빠서 나라는 생선가시도 제대로 처리 못한 간부급이 이렇게 대거 움직였다는 것. 다크엘프 마을에는 틀림없이 그만큼 대단한 무언가가 있다.

나는 마음을 결정한 다음에 그랑시엘을 돌아보며 말했다.

"그랑시엘. 사람들을 인솔해서 가까운 성을 공격해 줘. 없애는 건 제국의 기사와 병사만으로 하고, 그나마도 가능하면 사람 목숨은 빼앗지 마."

"무슨 소리야?"

그랑시엘의 얼굴이 약간 일그러졌다. 사람들의 얼굴도 묘하게 변했다. 나는 그들의 반응을 아랑곳하지 않고 무덤덤하게 말했다.

"성주와 호위기사만 제압하면 이렇게 내륙에 있는 성은 쉽게 함락될 거야. 그다음에 한나절만 그 성에서 대기하고 있어 줘."

"무슨 소리냐니까!"

"나는 다크엘프 마을에 가서 정보를 알아내겠어."

"……!!"

내 말에 다들 소스라치게 놀랐다. 지금 다크엘프 마을은 인간 세상에서 가장 막강한 병력이 몰려 있다고 해도 과언이 아니다. 그런데 내가 거기 혼자 가겠다고 하니 놀란 것이다.

그랑시엘이 나를 잡아먹을 듯이 노려보았다.

"그녀 때문이야?"

"……."

나는 무슨 말인가 하다가, 센마 이야기를 하고 있다는 사실을 알아챘다. 그랑시엘은 내가 센마가 신경 쓰여서 마을에 억지로 가려고 한다고 여기는 것이다. 나는 고개를 저었다.

"그건 아냐. 그리고 이 일은 나만 갈 수 있어."
"나도 같이 갈 거야."
그랑시엘이 투정 부리듯 말했다.
"안 돼. 네가 없으면 지성(支城) 공격이 성립이 안 돼. 네가 가야 피해 없이 성을 접수할 수 있을 거야."
다른 사람들만으로도 공격은 할 수 있지만, 성주까지 제압할 수는 없다. 지지부진하는 사이에 지원군이 도착해서 전멸해 버릴 것이다.
"하지만!!!"
"날 믿어 줘. 나도 너희를 믿을 테니까."
"……."
그러자 그랑시엘은, 내가 그녀를 만난 후에 난생처음 보는 얼굴을 했다. 그 예쁜 얼굴이 흐트러지며 눈가에 눈물이 고이면서 울먹거리기 시작했다.
왜, 왜 그러는 거야?
너답지 않잖아!!
그랑시엘이 갑자기 품에 안겨들면서 내 가슴에 얼굴을 묻었다. 나는 움직이지 못하고 그저 그랑시엘의 목덜미 뒤편을 내려 보았다. 가슴이 물기 때문에 따뜻하게 젖고 있었다.
"넌 언제나 그래. 언제나 혼자야. 지겹지도 않아?"
간신히 말을 똑바로 하고 있었지만 그랑시엘의 목소리

는 전에 없이 떨리고 있었다. 나는 묵묵히 그랑시엘을 안아 주면서 등을 토닥거렸다.

"난 익숙해. 그냥 기다려 줘."

그랑시엘은 한참 침묵하다가 대답했다.

"…응."

잠시 소요가 끝나자, 일행은 사방에 쓰러져 있는 다크 엘프들을 붙잡아서 한데 꽁꽁 묶어 놓았다. 다들 제대로 된 전투를 한다는 생각에 긴장하고 있었다. 쥬엘 경이 상황 정리를 하기 위해 나섰다.

"우선 여기서 제일 가까운 성은 아르넨스 성이오. 요새로 불릴 것도 없고, 인구도 많지 않으나 제국 수도로 통하는 목구멍. 우리가 그곳을 치고 성주를 제압하게 되면 그 소식은 반나절 안에 수도에 도달할 거요."

"그 시간이면 충분합니다. 제가 그때까지 아르넨스 성으로 가도록 하죠."

"순간이동으로 성을 벗어날 셈이오?"

"그렇게 되겠지요. 성을 제압하고 나면 아르넨스 성에 있는 텔레포트 게이트도 같이 확보해 주십시오."

"알겠소."

힘차게 고개를 끄덕이는 쥬엘 경의 얼굴에는 노장의 연륜이 묻어나고 있었다. 그라면 그랑시엘을 도와서 충분히 성을 제압할 수 있을 것이다. 팔코스 경이 우려의 목소리를 표했다.

"제국에도 마도사가 없는 게 아니오. 리더, 만일의 경우에 대한 대비 정도는 해야 할 것 같소."

"그쪽에 대해서는 팔코스 경이 더 잘 알 것 같군요. 전 최대한 빨리 가 보겠으니 현명한 판단을 부탁드립니다."

"믿어 줘서 고맙소."

나는 고개를 끄덕이고는 쥬엘 경 앞으로 걸어갔다. 쥬엘 경은 이제 걸어 다니며 싸울 수는 있었지만, 아직 몸 상태가 완전하지 않았다. 나는 그랜드 팔라딘의 권능을 끌어올리며 스킬을 시전했다.

천상의 영광(Glory of Heaven) 시전

슈우우.

그러자 쥬엘 경의 전신에 환한 빛이 흐르더니, 이내 남아 있던 상처가 모두 회복되었다. 쥬엘 경은 믿을 수 없다는 눈을 하면서 자신의 몸을 내려다보았다.

"허허! 이게 대체."

그가 풍왕에게 입은 상처는 최소한 한 달은 정양해야

몸을 움직일 수 있는 수준이었다. 그런데 겨우 하루나절 만에 완치가 되니 그로서는 황당할 수밖에 없었다. 옆에서 잠자코 지켜보던 루시가 불쑥 말했다.

"설마 대장은 전설의 팔라딘(Paladin)인가요?"

"뭐 그런 능력도 있지."

"아아!!"

루시를 비롯해서 사람들이 크게 놀랐다. 그도 그럴 것이 팔라딘은 먼 옛날에 있었다고 하는 전설의 기사쯤으로 세간에 알려져 있었다. 힐링 주문을 사용 가능하고 특수 능력도 만만찮다고 알려졌다.

나는 쥬엘 경을 포함해서 모두에게 한 차례씩 천상의 영광을 걸어 주었다. 그러자 모두의 상처와 피로가 낫고, 체력까지 완벽하게 되었다. 이 주문은 마력을 회복할 순 없었지만 이걸로도 족했다.

"흰 빛이 몸을 떠도는 동안에는 힘과 민첩성이 크게 높아지고, 생명력이 쉽사리 소모되지 않을 겁니다. 부디 제가 갈 때까지 잘해 주세요."

"물론입니다!!"

아스칼리온이 자신의 흉갑을 탕탕 치며 외쳤다. 그는 이제 나를 완전히 신뢰하고 있는 걸로 보였다. 나는 고개를 끄덕이곤 북동쪽으로 걸어가기 시작했다.

뒤에서 그랑시엘이 외치는 소리가 들렸다.

"다치지 말고 빨리 와!!"
"알았어!"

나 참. 애도 아니고 저런 걱정을 다 하다니. 하지만 왠지 가슴속이 흐뭇해져서 씨익 웃고 말았다. 나는 일행과 충분히 멀어졌다고 생각하자 더욱 속도를 높여서 뛰어가기 시작했다.

타다닷!

내가 뛰기 시작하면 산속에서는 엘프와 맞먹거나 그 이상의 속도로 이동할 수 있다. 안구 옆의 풍경이 휙휙 하고 바뀌면서 스쳐 지나갔다. 거의 바람 소리가 뒤에 남을 정도였다.

내 옆구리에는 기절한 레이오페가 끼여 있었다. 레이오페는 아직까지 정신지배의 충격이 남아 있는지 깨어나지 않았다.

'잘만 하면 들어갈 수 있어.'

아무리 나라도 다크엘프의 마을에 정면 돌파는 할 수 없다. 지금은 몰래 잠입해야 한다. 나는 거의 다 왔다고 생각되자 커다란 통나무가 세워져 있는 곳 앞에서 몸을 숨겼다.

'기척이 있군.'

눈에는 보이지 않고, 거의 느껴지지 않지만 은은한 살기가 느껴지고 있었다. 아마도 투명 주문 때문에 마을이 보이지 않고, 저쪽에 보초들이 경계하고 있는 것이다. 나는 살며시 레이오페를 내려다 놓고는 그녀의 이마 위에 손을 올렸다.

우우웅.

"폴리모프 라이크 니어(Polymorph like near)!"

그러자 내 몸이 크게 뒤틀리면서 전신의 골격과 피부가 찢어질 듯이 변형했다. 피가 역동하면서 인체가 다시 만들어지는 것 같았다. 이것은 9클래스의 완전 주문인 폴리모프를 따라 한 것으로, 주변에 있는 생물체와 닮게 변하는 능력이다.

스스슥.

이윽고 내 몸을 작은 고통과 소리의 잔향을 남기고 완전히 남자 다크엘프로 변형했다. 나는 준비가 끝나자 레이오페의 이마에 재차 가짜 기억을 주입했다.

"너는 침입자들을 제압하려 했으나 힘이 부족해서 도주했고, 살아남은 것은 너와 수행하던 부관 다크엘프뿐이다. 거의 마을 앞까지 와서 기절해 버렸다."

연기 설정을 잡는 것도 보통 일은 아니다. 다행히 내 지능이 상승한 상태가 아니었으면 이런 생각까진 못했을 거다.

"……."

"일어나라(Wake)."

번쩍.

마지막 룬 어가 들려오자마자 레이오페가 눈을 번쩍 떴다. 그녀는 머리가 아픈 듯 신음 소리를 내며 자신의 관자놀이를 짚었다.

"으윽… 여기는."

"레이오페 님. 괜찮으십니까?"

나는 걱정하는 척하면서 레이오페에게 말을 걸었다. 그러자 레비가 기다렸다는 듯이 내 눈앞에 창을 띄웠다.

[연기(Act) 스킬의 숙련도가 상승했습니다!]

[연기 스킬의 스킬 레벨이 상승했습니다!]

…생각해 보니까 이 녀석, 예전부터 이거 즐기고 있었던 것 같은데. 나는 이 일만 끝나면 레비를 다그치려는 생각을 하면서 계속 레이오페에게 말을 걸었다.

"괜찮으시냐구요?"

"으… 너는 카프넬? 어떻게 된 거냐."

나는 다행이라는 표정을 지었다.

"괜찮으시군요."

내 모습은 아까 레이오페 옆에 있던 부관의 모습과 완전히 똑같이 카피해 두었다. 그러니 굳이 기억을 조작하지 않아도 의심은 받지 않는다. 나는 짐짓 눈물을 흘리는 척하면서 구슬프게 말했다.

"크흑… 우린 당했습니다. 침입자들이 너무 강해서 저

와 대장님만 도망쳤는데, 바로 이 앞에서 쓰러지셔서 그만."

"…그, 그래. 크으으윽!!"

레이오페는 기억이 떠올랐는지 노한 표정을 지으며 이빨을 갈았다. 그녀의 마음속에 치욕과 분노, 그리고 죄책감이 느껴졌다. 잠시 혼란스러워하던 레이오페가 주변을 둘러보더니 불쑥 일어나서는 성큼성큼 앞으로 걸어갔다.

살기가 레이오페에게로 겨누어지더니 이내 풀렸다. 나는 슬그머니 레이오페의 뒤에 섰다. 레이오페가 뭐라고 룬 어를 외쳤다.

"$\Sigma\Sigma\Psi!!$"

스으으으.

그러자 안개가 낀 것 같던 앞에 새로운 광경이 나타났다. 거대한 통나무로 된 나무 요새가 드러난 것이다. 그 위에는 활을 들고 있는 다크엘프가 무려 다섯이나 이쪽으로 활을 겨누고 있었다.

그들 중 하나가 레이오페에게 외쳤다.

"레이오페 님! 어떻게 되신 건지."

"일단 안으로 들어가겠다! 급하니 문을 열어라."

"알겠습니다."

쿠구구궁.

육중한 통나무 문이 열렸다. 레이오페는 망설이지 않

고 안으로 뛰어 들어갔다. 나도 덩달아 뛰어들었는데, 레이오페의 등 뒤 옷이 찢어져서 어깻죽지부터 엉덩이 위까지 고스란히 보이고 있었다.

'으. 저러다가 다 찢어지겠네.'

나는 쳐다보다가 민망해서 살짝 고개를 돌렸다. 그러자 마을 곳곳의 풍경이 눈에 들어왔다. 마을에는 남자가 별로 없었고, 많은 인원이 여자였다. 그러고 보니 아까도 여자가 반수 이상이었다.

이내 웬 납작한 목조 건물 앞에 도달한 레이오페가 나를 돌아보며 말했다.

"넌 여기 기다려라."

제3장

대접전

끼익… 쿠웅.

곧 레이오페가 건물 안으로 들어갔다. 레이오페가 피투성이가 되어서 뛰어든 것을 확인한 다크엘프들이 수군거리며 불안해했다. 나는 거리를 확인한 채 조금 더 걸음을 앞으로 옮겼다.

[마인드 리딩 발동!]

이 능력은 반경 15미터 이내라면 마음을 읽을 수 있다! 능력이 발동되자마자 안에 있던 자들의 마음의 소리가 고스란히 내게 들려왔다. 청력으로 대화는 들을 수 있지만, 이왕이면 마음까지 들어 버리는 게 낫다.

레이오페는 들어가자마자 무릎을 꿇으며 비통하게 외쳤다.

"죄송합니다! 패했습니다."

안에 있던 자들은 모두 다섯 명이었다. 그들 중 다크엘프의 장로로 보이는 자가 늙수그레한 목소리로 당황했다.

"무, 무슨 소리냐. 패하다니."

"적들이 너무 강해서 나머지는 아뢔세 언덕에 쓰러졌고… 저와 카프넬만 도망쳐 왔습니다. 저를 죽여 주십시오!"

그렇게 말하는 레이오페는 눈에서 눈물을 왈칵 쏟아냈다. 그러자 옆에서 지켜보고 있던 웬 망토를 둘러싼 괴인이 지팡이를 쿵 하고 찍었다.

"그대들 다크엘프들의 마법 능력은 이 프론스티가 인정하는 것. 서른이나 갔는데도 그대들을 패배시켰다는 건, 대군(大軍)이 공격했다는 뜻인가?"

서열 3위 프론스티가 안에 있다!

그 말에 레이오페가 망설였다. 아무리 그래도 열 명도 되지 않는 적에게 패배했다고 말하기는 꺼려졌다. 다크엘프 장로가 답답한지 다그쳤다.

"대답해라, 레이오페! 이건 중대한 일이다."

"…적은 여섯 명 남짓이었습니다."

"뭐라고!! 그래서 적의 피해는?"

레이오페가 기어코 피가 날 정도로 입술을 꽉 깨물며 말했다. 자신에 대한 수치심을 참을 수 없어 보인다.

"…전무한 걸로 보였습니다."

"그, 그럴 수가."

다크엘프 장로가 황망한 목소리로 중얼거렸다. 그는 젊었을 적에 대륙의 전란에 다크엘프를 이끌고 참전한 적도 많았고, 자기 부족의 능력을 잘 알고 있었다. 레이오페와 서른 명의 대원이면 어디 가도 부족하지 않은 것이다.

옆에 있던 귀공자— 아마 디건으로 보이는 놈이 킥킥거리며 말했다. 놈은 여전히 포악한 살기를 내뿜고 있었다.

"어이, 프론스티 영감님! 다크엘프의 전투력이 모든 종족 중에서 다섯 손가락에 든다고 하지 않으셨나? 겨우 여섯 명한테 당하는 게 어딨나."

프론스티는 그 말에 대답을 하지 않았다. 대신에 입을 연 것은, 그 옆에 앉아 있던 조그마한 체구의 소녀였다. 물론 꼬리 아홉 개 달린 그 소녀의 정체는 서열 5위 카라안이었다.

"조용히 해 보거라, 디건. 그렇다면 적들의 목적이 이 마을인 것으로 보였느냐?"

"…그건 아니었습니다. 그들은 이 숲을 나가려고 했으나 수상쩍어서 제가 제압해서 끌고 오는 중이었습니다. 그런데 그들이 반기를 드는 바람에 그만…"

"호오. 이 숲을 나가려고 했다고?"

환왕 카라얀은 흐응 하는 소리를 내며 골똘히 생각했다. 저 녀석은 종족 특수스킬인 [천년의 지혜]가 있어서 지혜력이 엄청난 수준이다. 두뇌만으로는 대륙제일을 다툴 정도다.

곧 카라얀이 알아차렸다는 듯이 말했다.

"그렇군! 녀석들은 폴커에서 왔어."

"특공대인가?"

프론스티의 반문에 카라얀이 말했다.

"그렇겠지. 하지만 전신 훅스는 콘월 요새에서 움직일 수 없으니, 온 녀석들도 그리 대단하진 않을 거야. 그렇다고 해도 너희를 그리 쉽게 제압하다니, 적들 중에 특출난 강자가 있었느냐?"

"네… 넷! 두 녀석이 있었습니다."

"말해 보거라."

레이오페는 잠시 좌중의 눈치를 살피더니 나와 그랑시엘에 대해서 상세하게 말하기 시작했다.

"어떤 남자가 제 원소 주문을 맞고 손목이 날아갔습니다. 그런데 갑자기 순간이동을 하더니, 마력의 주박을 끊고 저를 제외한 대원들을 마법과 소드라이트로 순식간에 제압했습니다. 놈은 재생 능력이 있는지 손목도 다시 만들어졌습니다. 그래서 저는 트위스티드에서 전수받은 대로 마계의 최상급 마수 카마릴라를 소환했습니다. 다른 기사 놈들은 별 볼일 없었는데, 놈이 갑자기 역소환 주문을 쓰는 바람에 유지시키는 사이에 어떤 여자의 눈동자가 붉은 빛으로 변하더니— 그대로 화염의 구옥을 만들어서 카마릴라를 일격에 소멸시켜 버렸습니다."

"…설마!!"

카라얀과 프론스티가 거의 동시에 서로를 바라보았다. 듣고 있던 디건이 이상하다는 듯 둘을 바라보았다. 그는 무슨 일인지 잘 이해하지 못한 모양이었다.

"무슨 일이야?"

프론스티는 디건의 말을 무시하고 레이오페에게 다그치듯이 물었다.

"그 남자는 웬 보검을 지니고 있었겠지? 그리고 여자가 홍염의 구옥을 소환할 때 어둠의 기운이 같이 느껴지지 않더냐?"

그의 질문은 간절함이 담겨 있었다. 그러기를 바라는 것처럼, 아니 그게 맞다는 걸 확신하고 있었다.

"네, 그렇습니다. 말씀하신 게 모두 맞습니다."

갑자기 프론스티가 광소를 터뜨렸다.

"흐음. 흐으. 하하하하하하하!!!"

그의 마음속에 희열이 몰아치고 있었다. 그와는 대조적으로 카라얀의 얼굴은 싫은 일이 생겼다는 듯 일그러졌다. 프론스티가 자신의 손을 떨면서 웃었다.

"크흐흐흐… 이누타브의 사자 J. S가 이 숲에 왔군. 그토록 찾을 때는 없더니 이런 곳에 제 발로 올 줄이야!"

"그놈이 왔다고!"

디건의 얼굴이 광폭하게 변했다. 놈은 내게 한 번 당해서 목이 베일 뻔한 적이 있었다. 그때의 기억을 떠올렸는지 크게 표정이 일그러진 디건이 이빨을 갈았다.

"노옴… 죽음으로 보상하게 해 주마! 이봐, 다크엘프! 그놈은 지금 어딨어!!"

디건이 자리에서 벌떡 일어나서 레이오페에게 외쳤다. 레이오페는 디건의 기세에 움츠러들면서도 정면으로 디건을 노려보았다.

"모르겠습니다!"

레이오페는 디건에게 평소부터 반감이 있었던 것이다.

"허어? 패전지장 주제에 이 몸에게 눈꼬리를 치켜뜬단 말이냐. 감히 이 몸이 누군 줄 알고!!"

그렇게 외친 디건은 자신의 화를 참지 못하고 레이오페의 얼굴 위에 손을 올렸다. 다음 순간 레이오페의 머리가 터지려는 찰나, 디건은 난데없이 다시 자리에 앉아 있었다.

"……."

무슨 짓을 한 거지? 마법인가?

디건이 프론스티를 바라보았다. 그의 소행이라고 확신

하고 있었다. 프론스티는 힐끔 디건을 쳐다보더니 말했다.

"젊은 건 혈기가 왕성해서 좋군. 하지만 참아 주는 것도 한계가 있다, 디건. 무엇보다 우리는 이들 위에 군림하는 게 아니니 처벌할 권리도 없다."

프론스티의 말에는 거대한 압력이 담겨 있었다.

"크흐… 맘대로 해라."

당연히 디건은 대마도사의 압력을 견딜 수가 없다. 디건은 손을 휘휘 젓더니 골이 난 표정으로 다른 곳을 쳐다보았다.

"휴우."

다크엘프 장로는 다행이라는 듯 가슴을 쓸어내렸다. 카라얀은 그런 디건을 소리 없이 비웃더니 결론을 내렸다.

"전에 봤던 그 하프엘프는 사신의 탑을 공략하고 전설의 선홍혈을 얻은 모양이군. 그렇다면 나와 막상막하가 되겠어. 그들이 쳐들어온다면 일전을 피할 수 없을 것이다."

"선홍혈이라~ 그래 봤자 하프엘프일 뿐이잖아?"

"모르는 소리. 그녀가 사용하는 선홍혈의 힘은 9클래스 대마도사에 필적한다. 물론 진짜 마스터와 상대하면 지겠지만, 진정한 선홍혈은 너의 마왕문으로도 감당하기 힘들 것이다."

"……."

디건은 자존심에 상처를 받은 표정을 지었다. 하지만 카라얀이 결코 허튼소리를 하지 않는다는 걸 알기에, 이내 호승심이 치솟아올랐다.

프론스티가 지금까지 말이 없던 간부급에게 말을 걸었다.

"아크."

"네."

"너는 싸울 필요 없다. 너는 지금 바로 예정된 대로 북방신 알기로스 님의 봉인지로 가서, 예정된 의식을 거행하도록 해라."

"알겠습니다."

저벅.

아크는 대답이 끝나자마자 다짜고짜 일어나서 건물을 나왔다. 말단 서열 10위로 보기에는 지나칠 정도로 무례한 행동이었지만, 의외로 장내의 누구도 아크의 행동을 건방지다고 생각하지 않았다.

'뭐지, 저 녀석.'

나는 내 눈앞으로 모습을 드러낸 아크의 모습을 확인했다. 녀석에게는 뭔가 있을 것 같았다.

아크는 말 그대로 [강철 인간]이었다. 머리끝부터 발끝까지 은은하게 빛나는 금속으로 둘러싸여 있어서, 저 안에 인간이 들어 있는지도 의심되었다. 그런 만큼 체구가 커서 키만 3미터가 훌쩍 넘어 보였다.

놈의 등 뒤에는 백색 망토가 달려 있고 허리춤에 기다란 장검과 샴시르가 한 자루씩 장비되어 있었다. 그걸로 보아 놈은 전사계일 가능성이 있었다.

아크는 나를 힐끔 쳐다보더니 마을 뒤쪽의 산으로 걸어갔다. 나는 녀석과 눈이 마주치는 걸 피한 채 몰래 녀석의 행보를 관찰했다.

'저쪽이 봉인지군.'

어쩌면 이 많은 간부가 몰려온 것도, 그저 아크가 행하는 의식을 지키기 위해서가 아닐까? 그렇다면 나는 제대로 잠입에 성공한 것이다.

나는 그렇게 생각하며 장내의 마음을 조금이라도 더 읽기 위해서 노력했다.

그때 목조 건물의 문이 열리면서 안에서 레이오페가 굳어진 얼굴로 걸어 나왔다. 간부들은 움직이지 않는 모양이다. 레이오페는 나를 바라보더니 말했다.

"수비 태세로 들어간다! 다른 대원을 인솔해서 경계를 강화해라."

"아, 알겠습니다."

얼떨결에 대답은 했지만 나는 곤란함을 느꼈다. 나는

변신한 것뿐이라서 다크엘프의 지휘 체계나 부관이 해야 할 일을 모른다. 이대로는 들킬 뿐이라서, 나는 다급히 재치를 짜냈다.

"그런데 잠시… 화장실에 다녀오면…."

레이오페의 인상이 험악해졌다.

"그런 건 일일이 보고하지 마! 5분 줄 테니 그때까지 정비 완료하고 태세에 들어가라."

"네!"

나는 재빨리 대답하고는 레이오페의 시야에서 멀어졌다. 내 발걸음은 은근슬쩍 아까 아크가 향했던 곳으로 갔다. 지금이라도 놈을 따라가면 의식이 뭔지 알 수 있을지도 모른다.

그때 걸어가는 나에게 다크엘프 하나가 어벙한 말투로 말했다.

"저기 카프넬 부관님, 그쪽은 화장실이 아닙니다."

"……."

그 말에 저만치에서 걸어가던 레이오페가 휙 하고 이쪽을 돌아보았다. 그 시선에 다른 다크엘프도 나를 주목했다. 나는 어색한 표정을 지으며 머리를 긁적거렸다.

"그, 그랬나?"

"평소부터 어벙한 건 알고 있었지만 지금까지 어벙하면 어떻게 하냐! 화장실도 같이 가 줘야 하냐!"

뒤에서 레이오페가 기다렸다는 듯이 호통 소리를 내질 렀다. 녀석은 대원을 몰살당했다고 여기고 있는 터라 신경이 잔뜩 날카로워져 있었다. 나는 잘못하다가는 정체가 들킬 거라는 불안감에 재빨리 대답했다.

"아닙니다!"

"이 자식, 진짜 죽고 싶어?!"

"아닙니다!"

무슨 여자가 저렇게 기가 세?! 왠지 나는 기가 센 여자를 계속 만나는 팔자라는 게 느껴졌다. 나는 재빨리 옆에 있던 다크엘프를 붙잡고 속삭였다.

"야, 빨리 화장실 안내해."

"네?"

"제길, 빨리 가자고!"

"아, 네."

내가 짜증난 표정으로 다그치자 그 다크엘프는 울상이 되었다.

'으, 망할. 카프넬 녀석 나한테 화풀이할 셈이군.'

카프넬이 자신 때문에 깨진 게 분해서 화장실 앞에서 꼬장을 부릴 생각이라고 멋대로 추측한 것이다. 물론 그런 착각은 지금의 내게 나쁘지 않다. 나는 다크엘프의 뒤를 황급히 쫓아갔다.

뒤쪽에서 레이오페의 살기가 느껴져서 뒤통수가 따끔

따끔했다.

다크엘프의 화장실은 인간과 다를 게 없었다. 역시 이 녀석들도 귀가 길 뿐이지 인간하고 생리 현상은 똑같이 하는 것이다. 내가 물끄러미 화장실 건물을 바라보자 다크엘프가 불안한 얼굴로 말했다.

"저기 카프넬 부관님. 화난 게 있으시면 말로…."

"별로 화난 거 없어."

"네?"

내 말에 다크엘프가 반문했지만 나는 이미 녀석의 얼굴을 보지 않았다. 다크엘프는 갑자기 미친 듯이 쏟아지는 잠을 참으려고 하다가 흐느적거렸다. 녀석은 이해가 안 되는지 중얼거렸다.

"왜… 왜 제게 슬립(Sleep) 주문을?"

'그것도 영창도 수인도 없이 이 나를 재울 정도라니! 레이오페 대장도 이 정도는 아닌데… 어떻게….'

"글쎄. 왜일까?"

풀썩.

다크엘프의 생각은 거기서 끝이었다. 마도사 특유의 항마력으로 몇 초는 저항했지만 머리부터 뒤로 넘어가 버렸다. 나는 녀석이 땅에 쓰러지는 걸 확인한 다음에야 움직이기 시작했다.

지금부터는 시간 싸움이다.

부관 카프넬이 사라진 것은 몇 분 지나지 않아서 발각될 거고, 그때부터 본격적으로 싸움이 시작될 거다. 어쩌면 이 마을에 몰려 있는 트위스티드 간부 4인방과 동시에 손속을 겨뤄야 될지도 모른다.

'염통이 쫄깃~한데.'

파바밧!

나는 피식 웃으면서 블링크를 시전하면서 빠르게 전방으로 나아갔다. 원래 마력 소모가 신경 쓰여서 잘 사용하지 않는 방법이지만, 상황이 급하다.

블링크를 써서 이동하자 눈 한 번 깜박할 때마다 수십 미터씩 이동했다. 내가 아크라는 녀석의 100미터 이내까지 접근하는 데는 채 30초도 걸리지 않았다.

움찔.

아크는 내가 잠시 기척을 드러내자 반응하며 홱 하고 뒤를 돌아보았다. 녀석은 수행하는 호위병도 없이 혼자였다. 나는 그대로 기척을 숨기며 청력 감각으로만 녀석을 감시했다.

"……"

아크는 한참 후에 원래대로 걸어가기 시작했다. 거리가 멀어서 녀석의 마음은 읽을 수 없지만, 아무래도 괜찮다고 생각한 모양이다. 미행하는 경험은 이번이 처음인지라 나도 약간 긴장이 되기 시작했다.

'어쩔까? 그냥 의식의 장소에 도착하기 전에 기습해서 아크를 쓰러뜨려 버릴까?'

고민된다.

내가 기습을 하면 분명히 이길 수 있다. 뭔가 의식을 하기도 전에 아크를 쓰러뜨리는 게 트위스티드의 계획을 방해하는 가장 편한 방법이다. 하지만 그래서는 놈들이 무엇을 꾸미는지 알지 못한다.

나는 당장이라도 공격하고 싶은 마음을 참으면서 살며시 소리를 죽인 채 녀석에게 접근했다. 그때 내 감각에 어떤 인기척이 느껴졌다.

그 인기척은 전에 느낀 것보다 더욱 은밀했지만, 왠지 내가 기(氣)를 정밀하게 다루면서 쉽게 느끼게 되었다. 나는 그 기척의 주인에게 전음을 보냈다.

―어이! 너는 언제 여기까지 왔냐?

기척의 주인은 잠시 흠칫하더니 정말 놀란 듯이 빠르게 전음을 되받아쳤다.

―이것도 눈치챘어?! 천둔추영(Misty Shadow)을 눈치채다니 너 정말 성장했구나.

훗. 나는 레벨업 능력이 있다고.

―웅캬캬. 이 정도는 기본이지.

나는 씨익 웃으면서 전음을 보냈다. 아마도 이번에야말로 No. 25, 서드는 내게 들키지 않으려고 한 것이다.

전보다 더 은밀해졌지만 내가 눈치채자 놀랄 수밖에 없다.

―이건 천음밀교(天陰密敎) 비전의 은신술인데… 네 감각은 정말 인간의 경지가 아니구나.

천음밀교는 동방의 종교단체인 모양이다. 한동안 놀라움을 감추지 못하던 서드가 서서히 아크에게 접근하면서 전음을 보냈다.

―이야기는 아까 대충 들었는데, 정말 괜찮겠냐? 여긴 정말 위험하다고. 나조차도 간이 떨려 죽을 지경이야.

―…….

서드의 두려움이 피부로 느껴졌다.

그럴 만하다. 서드가 십대검호 턱밑까지 따라붙은 고수라고 하지만, 이 자리에 와 있는 트위스티드 간부들도 결코 서드에 뒤지지 않는 것이다. 나는 조심스럽게 나무 밑의 그늘에 앉으면서 대답해 줬다.

―지금이 아니면 놈들의 계획을 알아낼 기회가 없어. 무엇보다 나는 어떤 상황이라도 내 한 몸 빼낼 자신은 있다.

―과연. 그래야 내 친구지.

서드가 대답하다가 갑자기 급히 전음을 보냈다.

―아! 놈이 저기로 들어가!

―흠.

서드는 아마도 아크를 육안으로 확인할 수 있는 위치에 있는 모양이다. 그만큼 자기의 은신술에 자신이 있는 것이다. 내가 청력으로 감지해 보니, 아크가 들어가는 곳은 마치 고대 신전처럼 생긴 석조 건물이었다.

건물의 주변에는 무언가가 마구 얽혀 있는데, 아마도 이 숲에서 제멋대로 자라난 수풀이나 나무 같았다. 나는 처음에 나무인 줄 알았는데 그게 건물이었나 보다.

서드가 전음을 보냈다.

―어떻게 하지?

―난 바로 따라 들어가겠어.

―괜찮겠냐.

―문제없어.

―좋아.

잠시 침묵하던 서드가 곧 기척을 완전히 감춰 버리고 말았다. 전음도 더 이상 들리지 않았고, 내가 감각을 기울여도 서드가 어딨는지 느껴지지 않았다. 더 이상은 위험하다고 판단하고 천음밀교의 천둔추영을 극대로 펼친 모양이다.

쉬익 하는 소리와 함께 내가 건물의 전면에 나타났을 때는 이미 아크가 안에 들어가서 보이지 않았다. 나는 건물 앞에서 바로 변신 주문을 풀었다.

파앗!

원래 모습이 돌아오자마자 나는 이누타브 블레이드를 빼 든 채로 서서히 건물 안으로 발을 옮겼다. 아크란 녀석이 얼마나 강한지는 모르지만, 놈이 뭘 하느냐에 따라서는 잡거나 죽여야 한다. 내 마음속에 조금씩 긴장이 차올랐다.

"……."

건물은 전에 보았던 항구의 아카데미와 비슷했다. 정확히는 안에 있는 건물이 남부 칼둔 왕국의 건축양식이다. 코끼리에 기묘한 차림새의 인간들이 조각으로 새겨져 있었다.

'어째서?'

내 머릿속에 의문이 감돌았다. 이곳은 제국에서는 남쪽이지만, 사실 북반구에 있는 숲이다. 남부 칼둔 왕국에서는 수천 km나 떨어져 있는 곳이다. 그런데 이런 곳에 칼둔의 석조 건물이 떡하니 지어져 있다니!

게다가 안쪽의 보존 상태는 정말 좋다. 겉보기에는 낡아 보이지만 조각이 파손된 게 하나도 없었다. 그런데 돌의 재질은 꽤 오래된 것이었다. 나는 이 건물에 호기심을 느끼면서 아크의 종적을 찾았다.

아크는 이미 건물의 깊은 곳까지 들어가서, 로비에서 2층으로 올라가고 있었다. 나는 아크의 기척이 어느새 두 명으로 늘어 있는 걸 느끼고 깜짝 놀랐다.

'두 명이라고?'

정확히는 아까 보았던 아크의 모습에, 옆에는 여자의 체형을 한 인간이 있었다. 정확한 모습은 알 수 없지만 몸의 굴곡으로 봐서는 여자일 가능성이 높았다.

적이 두 명으로 늘어난 건 좋지 않다. 내 이마에 땀이 한 줄기 흘렀다. 나는 재빨리 그 자리에 멈춰 서서 내 자신에게 보조 주문을 걸기 시작했다.

"헤이스트(Haste), 샤이닝 웨폰(Shining Weapon), 크리에이트 돔 프롬 아케인(Create Dome From Arcane), 블레이드 배리어 아크(Blade Barrier Arc), 소드 오브 플레임(Sword of Flame), 차지드 아이스(Charged Ice), 트루 인비지빌리티(True Invisibility), 엑자일 오브(Exile Orb)!!"

차라라락. 차키잉.

츠카아앙.

순식간에 내 몸 전신에 여덟 개나 되는 보조 주문이 내려앉으면서 마력이 요동쳤다. 몸이 빨라지는 헤이스트에, 이누타브 블레이드에만 2개의 보조 주문(샤이닝 웨폰, 소드 오브 플레임)을 걸어 두었다.

추가로 마법을 방어하는 돔 실드 아케인과, 물리 공격을 막고 적을 공격하는 배리어 주문까지 걸렸다. 상대는 마법이든 물리 공격이든 하기 버거워질 것이다.

거기에 공격용으로 내 몸을 떠도는 차지드 아이스에 엑자일 오브까지 있으니, 잡다한 몬스터 따위는 내 몸 근처에 오는 것만으로도 녹아 버릴 것이다.

그걸로도 만족할 수가 없어서 트루 인비지빌리티를 걸어서 상대가 후각으로도 알아낼 수 없는 투명화 주문을 걸었다.

여기까지 보조 주문을 걸자 8클래스 마스터인 내 마력도 일 할밖에 남지 않았다. 나는 레비에게 말을 걸었다.

"레비. 경험치를 소모해서 내 HP와 MP를 회복할 수 있어?"

레비가 경쾌하게 대답했다.

[가능합니다. 현재 상태에서 완전 회복하시려면 720,000의 경험치가 필요하십니다.]

8클래스의 마력을 회복하는 것치고는 생각보다 적은 수치였지만, 자주 쓰게 되면 소모 경험치가 장난이 아닐 것이다. 나는 레비에게 곧장 회복해 달라고 주문했다.

파앗.

[회복되었습니다.]

"고마워."

나는 내 전신에 흐르는 힘을 느끼고는 신기해졌다. 방금 전까지만 해도 꽤 지쳐 있었는데, 순식간에 피로가 풀리고 마력이 꽉 차게 된 것이다. 나는 그대로 이누타브 블레이드에 걸려 있는 보조 주문을 추가로 걸어 두었다.

"루나 플레이트!"

이걸로서 9클래스의 주문으로도 나를 한 방에 죽일 수는 없게 되었다. 나는 주문 효과가 10분 정도 유지된다는 걸 머릿속에 집어넣은 채 빠르게 앞으로 달려 나갔다.

타다다닷.

조금밖에 뛰지 않았는데 금세 로비가 보이고 안의 풍경이 눈에 들어왔다. 따가운 시선이 정수리를 때렸다. 나는 로비의 3층에서 나를 내려다보는 눈이 있다는 걸 깨닫고 위를 올려다보았다.

"왔군."

여자가 입을 열었다.

상대는 예상한 대로 두 명이었다. 아크와 묘령의 여성이다. 녀석들은 어찌 된 일인지 트루 인비지빌리티를 걸고 있는 나를 똑바로 바라보고 있었다.

보조 주문을 많이 걸어 둬서 눈치챘나?

하지만 그럴 리가 없다. 트루 인비지빌리티는 마력의 흐름까지 차단하는 고위 주문이기 때문이다. 내가 둘과 눈을 맞춘 채 침묵하고 있자, 여자 쪽이 말을 꺼냈다.

"질긴 인연이다. 왜 잊어버릴 만하면 네 쪽에서 나타나는 건지 모르겠어."

"……."

날 알고 있다니. 나는 상대의 말투에 신경이 쓰였지만 무덤덤하게 반문했다.

"무슨 소리냐?"

"후훗."

여성은 전신에 붕대 같은 천을 둥둥 말고 있어서 얼굴이 제대로 보이지 않았다. 눈동자만 빼꼼 내밀고 있는 미이라 같았다. 그녀는 살짝 웃더니 별안간 아크의 어깨에 손을 올리며 말했다.

"이건 내 평생이 걸린 일이고, 내 조국인 셈 왕국을 위한 일이다. 이제 와서 네게 악감정은 없지만, 방해한다면 죽여 버리겠어."

"셈… 설마 넌!"

니가 왜 이런 데 있냐?!

나는 그 단어로 상대의 정체를 알아차리고 경악해 버렸다. 저런 말을 할 만한 사람은 정해져 있다. 내 짧은 모험 경력 중에서도 단 한 명뿐이다.

슈르르륵.

"놀랄 것도 없잖아? 나도 트위스티드의 간부야."

그건 처음부터 알고 있었다. 하지만….

아까 레이오페가 죽었다고 했는데, 거짓이었나.

룬 어가 그녀의 전신에 떠오르더니 천이 엄청난 속도로 풀렸다. 풀려난 천은 빛을 내뿜더니 마력의 옷이 되어서 그녀의 전신에 덧씌워졌다. 아마도 저 붕대 같은 천 자체가 매직 아이템(Magic Item)이었던 것이다.

[쿠우우.]

동시에 아크의 입이 벌어지더니, 상반신과 하반신이 쩡하고 분리되어 버렸다. 말 그대로 미래 세계의 로봇처럼 분리된 것이다!

"헉!"

나는 그 광경에 너무 놀라서 멍하니 바라보고 있었다.

저, 저 녀석 분명히 트위스티드의 서열 10위 아니었어? 그런데 인간이 아니라 그저 아이템일 뿐이었다니! 그렇게 변화하고 있는 동안에 여유로운 말이 귓가에 박혔다.

"트위스티드의 서열 10위, 아크는 처음부터 멤버가 아니었어. 바로 나를 위해서 만들어진 [무기(Arm)]였지. 혹시나 해서 갖고 오길 잘한 거 같네."

처음 듣는 소리다.

"너는…!!"

그녀의 변화가 끝나며 익숙한 모습이 드러났다. 예전처럼 살짝 감은 듯한 터번에 흑단 같은 생머리, 그리고 엘프라고 해도 믿을 정도로 아름다운 외모. 남부의 건강미를 보여 주는 듯한 가무잡잡한 피부에 눈동자.

내게 한 번 패배를 안겨 주었던 그 '적'은 고혹적인

미소를 지으면서 허공으로 손을 뻗었다. 그러자 분리된 아크의 전신 파츠가 뭉치더니 빛으로 변해서 그녀를 감쌌다.

파아앗!

이윽고 모습을 드러낸 것은 내 이누타브 플레이트에 비해서 뒤지지 않는 흑단색 플레이트 갑옷의 기사였다. 단지 그 갑옷의 형식이 폴커 왕국과는 달리 몸의 최소한의 부위만 가리고 있고, 더욱 움직이기 편해 보였다.

두 자루의 샴시르가 차원을 넘어서 소환되며 그녀의 손에 잡혔다. 코 아래로 드러난 새빨간 입술이 열렸다.

"정식으로 소개하지. 나는 트위스티드 서열 9위이자 북방신의 사자, 센마다. 북방신 알기로스 님을 뵙고 새로운 힘을 얻기 위해, 그분의 신전(神殿)에 찾아왔다."

센마는 싸늘한 미소를 지으며 샴시르를 내게 겨누었다. 그 샴시르 끝에는 전과는 비교할 수 없을 정도로 강렬한 검기가 맺혀 있었다.

"넌 내 삶에 방해야, 동방신의 사자! 이 자리에서 신기 키스라비로 널 쓰러뜨리겠다!!"

그녀는 울적한 얼굴로 말을 이었다.

"좋은 싫든."

북방신의 사자!

나는 센마의 말을 듣자 깜짝 놀라고 말았다. 지금까지

내가 만났던 신의 사자는 남방신의 사자, 금룡 시스테마인뿐이었다.

그렇게 치면 동서남북 사대신 중에서 동방과 남방밖에 나타나지 않은 것이다.

그런데 지금까지 계속 마주쳤던 센마가 북방신의 사자라니? 나는 이상함을 느꼈다.

'시스테마인은 분명히 레벨창에 남방신의 사자라는 항목이 있었어! 하지만 센마는 그게 없었단 말이다!'

그 말대로라면 센마는 처음부터 '북방신의 사자'라는 타이틀이 있어야 했다. 하지만 그걸 센마에게 물어봤자 이해할 리가 없다. 내가 할 말을 잊고 센마를 노려보고만 있자 센마가 훗 하고 웃었다.

"왜 그러지? 트루 인비지빌리티를 걸었는데도 내가 눈치채서 놀란 건가?"

센마도 마검사 타입이다. 게다가 룬 마스터니 마법에는 상당히 정통해 있다.

"조금."

나는 미미하게 고개를 끄덕였다. 원래 이 주문은 알고도 당할 수밖에 없을 정도로 뛰어난 주문이다. 이 주문을 간파하기 위해서는 동급의 감지 주문이 있어야 해서, 마법사끼리의 암살에 많이 쓰였다.

"이게 북방신기 키스라비의 힘이다. 그 어떤 마법이나

현혹도 간파하며, 내 앞에서는 술수가 소용없다."

"……!!"

나는 신중한 표정을 지었다. 내가 지닌 동방의 신기 이누타브 블레이드는 엄청난 위력을 지닌 검이다. 그래서 다른 신기는 어떤 건지 궁금했는데, 알고 보니 사용자의 몸에 덧씌워지는 자동 착용 갑옷(Automail)이었던 것이다.

나는 빠르게 센마의 레벨을 살펴보았다.

'알기로스의 사자' 센마(1차 각성)

Lv. 47
그랜드 룬 마스터 15
광검쌍무희(狂劍雙舞姬) 12
트루 어쌔신 7
레드스트라이커 9
트위스티드 멤버 4

내 성장과 비교할 바는 아니지만, 처음 만났을 때보다 몇 배는 더 강해졌다. 거기에다가 본 적이 없는 상위직으로 진화한 걸로 봐서, 실제 실력은 내가 생각하는 것보다 더욱 높을 것이다.

솔직히 말해서 지금의 센마라면 신기 없이 싸워도 훅스 씨와 대등하거나 그 이상일 것이다. 나는 그랑시엘만큼이나 극적인 성장을 눈앞에서 지켜보자 할 말이 없어졌다.

나는 센마에게 물었다.

"어떻게 그렇게 강해진 거지?"

도리어 센마 쪽이 질린 표정을 지었다.

"그건 내가 묻고 싶은 말인데. 그사이에 8클래스에 진입하다니 너란 인간은 괴물이냐."

"뭐, 난 좀 대단하니까."

센마도 뛰어난 마도사라서 내 경지를 파악한 것이다. 하긴 고위 보조 주문을 이 정도로 걸어 두었으니 눈치 못 채는 게 이상하긴 하다.

센마가 나직이 말했다.

"난 네게 더 이상 원한은 없어. 네가 그때 해 준 말이 아니었다면 나는 아직도 방황하고 있었을 거야. 고맙기까지 해."

"아, 그러냐."

내가 센마와 서로 멱살 잡고 싸웠을 때를 말하는 건가. 지금 생각하면 얼굴이 화끈거리는 기억이지만, 센마는 의외로 표정 변화가 없었다. 나도 애써 대꾸했다.

"도움이 되었다니 다행이군."

센마가 살포시 웃었다. 역시 보기 드물게 아름다운 여

자다. 얼굴이 약간 붉어져 버렸다.

"서로 많이 변했네. 너도 예전의 그 어린애는 아닌 거 같아. 그만큼 많은 일이 있었다는 거겠지."

"잡담할 시간은 없어, 센마!"

센마는 몰라도 내겐 시간이 많이 없다. 나는 센마를 정면으로 노려보며 말했다.

"너는 북방신의 사자로 2차 각성을 하기 위해 이 신전에 온 거지? 그럼 네가 반신(Demi God)이 될 텐데 내가 그걸 보고만 있을 거 같냐."

1차 각성이란 건 자기 신의 신기(神機)를 받아서 쓸 수 있게 되는 것이다. 즉 나는 이누타브 블레이드를 얻어서 쓴 순간에 이미 각성한 셈이다.

"잘도 눈치챘군."

반신이 되면 일반 무기는 통하지도 않게 되고, 9클래스 마법도 잘 먹히지 않는다. 그야말로 인간과는 격이 달라지게 된다. 그것만은 막아야 한다.

그래서 블라스팅이 나를 막으려고 대륙 끝에서 끝까지 날아온 것이기도 했다.

"2차 각성을 하려면 자기의 신을 만나야 한다. 그 말은, 여기에 북방신 알기로스가 있다는 거냐?"

적에게는 대답해 줄 리 없는 질문이다. 나도 사실상 센마의 마음을 떠 보려고 해 본 질문이다. 지금의 센마는 너무 레벨이 높아서 내 마인드 리딩이 통하지 않기 때문이다.

"…맞아."

센마는 의외로 고개를 끄덕였다.

"원래 북극의 신전에 계셨지. 하지만 지금은 여기에 봉인되어 있다."

"그렇군."

그래서 풍왕에게 들은 것과 달랐던 건가.

나는 센마가 그런 걸 대답해 줄 거라곤 생각을 못해서 속으로 조금 당황했다. 하지만 내색하지 않고 센마의 입에 신경을 집중했다.

"지금으로부터 10년 전, 동방신 이누타브와 달리 북방신과 남방신은 자유자재로 세상을 활보했지. 대전쟁에서 잃어버린 힘을 거의 되찾았기 때문이다. 하지만 어느 날 갑자기, 갑자기 누군가가 그들을 외딴 곳에 봉인해 버렸어."

"……!!"

그건 몰랐던 일이다. 확실히 골든프릭스 용병단과 북방신 알기로스가 한 번 싸운 적이 있으니, 그랬을 거라고는 생각했다. 하지만 설마 10년 전에 봉인당했을 줄이야!

그렇다면 누가 그 막강한 사대신을 봉인했단 말인가. 최강의 신인 이누타브만큼은 아니라도 탈마히라나 알기로스도 엄청난 힘을 지니고 있을 것이다. 그런 괴물들을 봉인할 수 있는 인물이 누군지 짐작도 가지 않았다.

고룡(Ancient Dragon)도 불가능한 일이다.

"도대체 누가…."

"누군지는 몰라. 하지만 그 때문에 남방신의 수하인 블러드로드 종족이 폭주해서 셈의 왕궁을 습격했고, 셈 왕족은 날 제외하곤 모두 죽고 말았지. 우리 왕국은 원래 칼둔에도 뒤지지 않는 강국이었는데, 왕족이 몰살당했으니 어쩌겠어? 우리 나라는 칼둔에 공격당해서 지금은 속국이 되고 말았다. 나는 그때 겨우 살아남아서 복수를 위해서 트위스티드에 가입한 거야."

"……."

그렇게 말하는 센마의 표정은 변화가 없었다. 마치 다른 사람의 이야기를 하는 것처럼 태연했다.

하지만 나는 이모션 체킹으로, 센마가 지금 말을 하면서도 속으로 분노가 끓어오르고 있다는 사실을 알 수 있었다.

절망. 그리고 분노.

센마는 원래 한 왕국의 공주가 되어서 쉐레드 왕자나 디건처럼 살고 있어야 할 몸. 하지만 북방신의 일개 수하가 되어서 십여 년간 복수의 칼날을 갈고 있었던 것이다. 그 심정이 어떤지는 상상이 되지 않았다.

센마가 흐릿한 눈으로 말했다.

"나는 이미 결심했어. 내 영혼을 잃는 한이 있어도 이

원한만큼은 갚고 말겠다고. 그걸 위해서라면 뭐든지 할 거야. 그리고 너는 내 앞길에 방해밖에 되지 않아."

"이런 말을 내게 해 주는 이유가 뭐지?"

"……."

사실이 그렇다. 센마는 나와 싸워서 이길 거라고 생각하고 있다. 북방신기 키스라비에 숨겨진 힘을 믿는 것이다. 그렇다면 당장 공격해서 끝장내면 될 텐데, 자기 과거를 다 늘어놓는 게 이해가 되지 않았다.

한참 후에 센마가 약간 따스해진 눈으로 나를 바라보며 말했다.

"난 네가 좋아."

"……?!?!"

뭐, 뭐라고?

나는 지금까지 들었던 말 중에서 제일 놀라서 눈을 크게 떴다. 처음에는 내가 센마를 격퇴했고, 두 번째에는 내가 그녀를 잡았다. 세 번째에는 내 심장이 꿰뚫려서 져 버렸다. 이렇게 복잡다난한 관계도 찾아보기 힘들 것이다.

마인드 리딩이 되지 않으니 갈피를 잡을 수가 없다. 센마가 약간 서글프게 훗 하고 웃었다.

"네가 동방신의 사자만 아니었어도, 난 그때 네 손을 잡았을지도 몰라. 하지만 이젠 늦었어. 이제 와서 평범한 행복을 바라기에는 너무 멀리 와 버렸으니까…."

쿠구구구.

갑자기 그녀의 전신에서 가공할 기세가 퍼져 나왔다. 나는 한순간, 혹스 씨 앞에 선 것 같은 기분에 긴장감을 높였다. 방심했다가는 눈 깜짝할 사이에 당해 버릴 것 같다.

팟 하는 소리와 함께 센마의 등 뒤에서 천사 같은 날개가 여섯 장이나 솟아올랐다. 날개에는 찬란하고 성스러운 기운이 감돌면서 주변의 마력 파장을 사그라뜨렸다.

"그 날개는…."

"이게 사자의 날개(Wings of Messenger). 너도 알다시피 5단계까지 있고, 나는 3단계라서 여섯 장까지 펼칠 수 있어."

사자의 날개?

"……."

사자의 날개 Lv. 3 시전 중!

6클래스까지의 주문을 완전히 무효화하며 일정 확률로 반사합니다. 사용자의 민첩(Dex)이 5배까지 상승할 수 있습니다.

레벨업 창으로 보니 확실히 그렇게 표시되어 있다.

몰랐던 사실이다. 그것보다 나는 사자의 날개를 한 장도 펼칠 수가 없단 말이다! 그게 뭔지도 잘 몰랐어! 아까부터 놀람의 연속이지만 포커페이스를 유지하는 게 보통 일이 아니다.

"내 앞에서는 마법 따위 통하지 않으니까, 너무 시시하게 끝나지 않게 해 줘…."

피쉿.

흐릿하게 웃은 센마의 눈가에 맺힌 빛이 공간에 선이 되어서 흘렀다. 안개가 사라진 것 같았다. 그렇게 보인 것은 센마가 너무나 빨리 움직여서 잔영이 남아 버렸기 때문이다.

'풍왕급?! 아냐!'

카앙!

나는 이를 악물 틈도 없이 정수리를 찍어 오는 샴시르마개를 이누타브 블레이드의 그립으로 걷었다. 그 찰나에 내 몸이 반응했다는 게 믿어지지 않을 정도다.

'그 이상이다!'

내가 아까 레벨을 올려 두지 않았다면 틀림없이 다음 변화로 목이 반쯤 베였다. 풍왕과 싸울 때도 이 정도는 아니었다.

뻐엉.

뒤늦게 공간에서 뭔가가 터지는 소리가 들렸다. 나는 속으로 비명을 내질렀다.
 '미쳤군!! 설마설마 했지만….'

 DEX 96(상승 중).

 충격과 공포!
 힐끗 본 센마의 민첩성은 이미 두 자리 수를 넘어서 세 자리 수에 육박하려고 하고 있었다. 방금 터진 소리는, 센마의 움직임이 소리의 속도를 초월해 버려서 뒤늦게 소리가 울린 것이다.
 초음속….
 그런 경지를 내 눈으로 보게 될 줄은 몰랐다.
 센마가 근접하자마자 내가 미리 걸어 두었던 차지드 아이스와 엑자일 오브가 반응했다. 원래 마법은 물리 공격보다 발동이 빠른데, 센마가 일격을 가한 후에야 반응한 것이다. 그 정도로 센마의 기습은 빨랐다.
 파지직!
 '소용없다?!'

하지만 순식간에 맞은 부분을 영하 45도까지 낮춰 버리는 차지드 아이스도, 상대의 전신을 꿰뚫어 버리는 마원구 엑자일 오브도 번개만 튀길 뿐 센마의 키스라비를 뚫지 못했다.

뿐만 아니라 이미 걸려 있던 돔 주문과 블레이드 배리어 아크까지도, 그저 윙윙거릴 뿐 제대로 발동되지가 않았다.

'뭐야, 이거.'

있을 수 없는 일이다. 내가 급히 백스텝을 밟으며 자세를 가다듬는 사이에 센마의 손이 내 쪽으로 빠르게 뻗어졌다.

[룬 오브 사이로니드(Rune of Psyronid)!!]

센마가 처음 나와 만났을 때 사용했던 룬 마법! 비록 7클래스 주문이지만 룬의 힘이 깃든 이상 단순 파괴력은 8클래스에 육박한다. 그것도 이제는 영창도 없이 수인만으로 사용하는 것이다.

실드 주문이 무효화되었으니 저걸 정통으로 맞으면 전신이 형체도 없이 타 버릴 것이다. 나는 급히 무영창으로 블링크 주문을 시전했다.

쉬익!

내가 블링크로 다른 공간에 나타났을 때 재차 섬뜩한 기분이 들었다. 어느새 내 등 뒤에서 샴시르가 검기를 내뿜으며 심장을 노리는 것이다. 내가 나타날 것을 예측했는지, 보고 움직인 건지 분간이 가지 않았다.

후와악.

카강.

허공이 찢어지며 불꽃선이 종횡무진 그려진다. 이누타브 블레이드와 샴시르가 한바탕 불꽃을 튀겼다. 서로 검을 맞대자 셴마는 더 이상 움직이지 않았다. 하지만 셴마의 민첩을 눈으로 확인하자 나는 절로 탄식이 나왔다.

"아!"

DEX 102(최대치).

미친 짓이다. 지금의 내 힘이 56인데 이미 대륙에서 최고다. 두 손을 쓰면 조그마한 섬을 지반부터 들어 올릴 수 있을 것이다. 민첩성도 힘과 마찬가지로 상승한다.

그렇게 보면 세 자리 수 민첩성은 동작 하나하나가 초음속에 가깝거나 일순간 넘어 버린다는 뜻이다. 내가 봤던 풍왕의 무념무상최속이 순간적으로 78까지 상승했으니, 이거야말로 미쳤다고밖에 볼 수 없다.

검을 맞댄 상태에서 셴마가 말했다.

"이게 최강의 갑옷이자 북방신기 키스라비의 능력, 공간참(Space Divider)! 신조차도 이 속도를 따라잡기 힘들다!"

"…제길, 그런 거 같구만!!"

나는 속으로 욕지기를 내뱉었다. 남방신의 사자 시스테마인이 썼던 벨페골 스타스트라이커만큼이나 사기적인 능력이다.

그나마 벨페골의 광선은 안개를 끼게 해서 빛을 산란시키면 막아 낼 수 있는데, 이건 도대체 어떻게 상대해야 한단 말인가?

내가 만일 풍왕과 한 번 싸워서 극속에 익숙해진 상태가 아니었다면, 아무리 레벨이 높았어도 처음 일격에 정수리가 꿰뚫렸을 것이다. 진짜 풍왕을 데리고 오더라도 이 앞에서는 속수무책으로 고전할 게 틀림없다.

지금의 나는 마스터 나이트 초급이다. 검술로는 십대 검호 턱밑까지 와 있다. 그런데 센마의 공격에 겨우 반응하고 막아 내는 것밖에 못하고 있는 것이다.

거기에다가 센마가 펼치고 있는 사자의 날개는 방출형 주문뿐만 아니라, 내 보조 주문과 실드까지 죄다 무효화시켜 버리는 힘이 있는 것이다.

불행 중 다행이라면 공격 자체의 속도는 빨라지는 데 한계가 있다. 만일 휘두르는 속도까지 곱절이 되었다면 나는 일격에 죽고 말았을 것이다.

"합!"

나는 기합을 내질렀다. 그러자 무형의 파장이 터지면서 센마의 몸이 주춤 뒤로 물러났다. 나는 그 찰나의 순간을 틈타서 레비에게 물었다.

'레비! 퀸틸리온으로 레벨업 가능하냐!'

역시 지금까지 하던 대로 레벨업으로 벗어나야 한다! 레비의 대답이 거의 동시에 들려왔다.

[가능하지만 이제 마스터 나이트나 대마도사 중에 한쪽을 주력으로 올리셔야 합니다! 그렇지 않으면 소드 오오라(劍罡)나 9클래스 궁극 주문은 배우실 수 없습니다!]

'그걸 못 배워?'

나는 잠깐 멈칫했다. 아무리 그래도 소드 오오라가 당장 아쉬운 상태라면 마스터 나이트의 스킬을 주력으로 올려야 한다.

하지만 곧 망설임을 접고 말했다.

'상관없어! 템페스트 레벨을 25로 올린다!'

[경험치가 31,923,899 소모되었습니다.]

콰광!

다음 순간 무시무시하게 빠른 샴시르의 참격폭풍이 내게 휘몰아쳐 왔다. 샴시르가 공기를 찢으며 내는 진공파만으로도 전신에 생채기가 나며 위험해졌다.

공기가 감아 치면서 조그마한 용권풍이 일어났다.

까강!

나는 그 짧은 순간에 89번이나 되는 참격을 걷어 냈다는 게 믿겨지지가 않았다. 세상에 뭐가 이렇게 빠르단 말인가?! 그나마도 다섯 번 정도는 제대로 막지 못해서 몸에 핏구멍이 나 버리고 말았다.

[템페스트 Lv. 25가 되었습니다!]
[템페스트 주력전문화를 하지 않아 궁극 스킬 소드 오오라와 궁극 주문(Ultimate Spell)을 배울 수 없습니다.]
[5의 배수레벨이기 때문에 모든 스탯에 +5의 보너스를 받았습니다.]
[숨겨진 칭호 '궁극 마검사'와 '마인(魔人)'을 얻었습니다! 마검 계열의 스킬을 사용할 시 데미지가 50% 증가합니다.]

'왔다!'

슈웅.

모든 스탯이 오르면서 민첩까지 5가 올라 버리자, 방금 전보다는 상당히 쉽게 참격을 받아 낼 수 있었다. 허공에서 번갯불이 튀기는 횟수가 많아졌다. 점차 내가 샴시르 공격을 받아 내는 게 쉬워지자 센마가 한순간 가속을 멈췄다.

끼기긱.

센마의 움직임이 멈추자 그녀가 지나온 길에 불꽃이 확 퍼지면서 스키드 마크가 그려졌다. 스키드 마크로 그려진 불꽃의 길은 마치 기름불처럼 한동안 꺼지지 않았다.

"실력이 나아졌네. 역시 넌 뭔가 있어."

"…헷… 말했잖아. 내가 좀 뛰어나다고."

나는 어설프게 웃었지만 다리가 약간 후들거리며 떨렸다. 싸운 지 고작 1분밖에 되지 않았는데 벌써 스태미나가 고갈될 지경에 이른 것이다. 다행히 바로 경험치를 소모해서 회복했지만 속으로 절로 긴장되었다.

이게 바로 사방신의 사자끼리의 싸움!

터무니없는 신기의 권능에 맞서 싸우는 건 자연스럽게 인간을 초월한다는 뜻인 것이다. 만일 저쪽 세계에서 퀸틸리온을 얻지 못했다면 지금 경험치가 다 떨어져 버렸으리라.

나는 그 순간 빈틈을 노리고 사신 타나토스의 날개를 펼쳤다.

유니크 스킬 명왕부 발동! 회피율이 99.99%로 고정됩니다.

 사신의 날개는 인과를 왜곡해서 상대의 공격을 회피하는 능력이 있다! 내가 명왕부를 쓰자마자 센마가 기다렸다는 듯이 미간으로 샴시르를 찔러 왔지만, 마치 내 몸이 투명해진 것처럼 투과해 버렸다.
 "아니?!"
 센마가 놀라는 사이에 내 검이 딱딱한 키스라비의 표면을 처음으로 가격했다. 아무리 신기라고는 하지만, 이 누타브 블레이드도 마찬가지로 신기라고!
 까가강.
 마찰음이 울려 퍼지면서 센마의 몸이 뒤로 쫙 물러났다. 제자리에서 무려 3미터나 땅을 끌며 물러난 센마는 입에서 피를 토해 냈다.
 "쿨럭…!!"
 센마는 입가의 피를 닦으며 빠르게 정신을 차렸다. 아무리 그래도 지상최강의 힘으로 최강의 검을 휘둘러서 때린 건데, 그저 가벼운 상처에 불과해 보였다.

방금의 참격이면 설령 드래곤 므나쎄의 목이라고 해도 일격에 쳐 버릴 수 있었는데. 나는 속으로 아쉬움을 숨기면서 이누타브 블레이드를 다잡았다. 센마는 약간 숨을 헐떡거렸다.

"후우… 후우… 그건 명부사신계의 힘. 인과를 왜곡하는 힘인가 보네. 대단하긴 하지만."

쩌억!

[신격저항(Divine Check) 실패.]
[명왕부가 자동 해제됩니다.]

"아니!"

나는 소스라치게 놀랐다. 센마의 말이 끝나는 순간 명왕부로 펼쳐진 사신의 날개가 갈라지면서 흩어져 버렸다! 내가 멍해서 흩날리는 깃털을 보자, 센마가 희미하게 웃었다.

"명부와 사대신의 힘은 서로 반발하지. 보통 고수라면 몰라도… 그건 이제 쓰지 못할걸."

나는 황당함에 머리를 짚을 뻔했다.

"크으. 사기잖아…."

그 말은 무로스한테도 한 번 들은 적 있다. 인과를 왜곡시켜서 방금의 공격을 피하긴 했지만, 서로의 권능에 흐르는 힘이 반발해서 충돌해 버린 것이다.

'불리한 것만은 아니다.'

그 말은 타나토스의 날개가 사라진 대신, 녀석의 갑옷인 키스라비도 약해졌다는 뜻. 이건 도리어 기회라는 걸 깨닫고 이누타브 블레이드를 움켜쥐었다.

다음 공격으로 승패를 가른다!

쿠우우우.

장내가 서로의 살기로 굳어 있었다. 우리 둘 사이의 공간이 전의로 불타올랐다. 그때 내 귓가에 명랑하지만 살기 섞인 목소리가 흘러들어왔다.

"이야아! 신의 사자끼리 싸우는 걸 볼 수 있다니, 이래서 뭐든지 둘러보고 다녀야 한다니까."

제4장
출현

뭐?!

그 목소리에 심장이 덜컥 내려앉았다.

이런! 적의 증원이라고?!

'큰일 났다!!'

나는 감히 이 자리에서 셴마에게서 신경을 뗄 수가 없었다. 지금은 서로의 실력이 막상막하이기 때문이다.

그래서 청력 감지로도 적이 접근하는 걸 알아채지 못한 것이다. 나는 곤혹스러운 표정을 지었지만 딱히 그쪽으로 반응할 수가 없었다.

움직이는 순간 키스라비의 시공단이 날아와서 내 전신을 토막 쳐 버릴 것이다.

익숙한 목소리의 주인은 언제나처럼 건방지고 오만했다. 게다가 전에 없이 강한 살기를 띠면서 나를 노려보고 있었다.

"딱 팽팽하게 겨루고 있다. 내가 한 손 거들어 주면 당연히 이쪽이 이기겠군. 그렇게 생각하지 않느냐, 평민!"

"……."

나는 대답하지 않았다.

디건 헤세랄드가 걸어오고 있었다. 마법왕국 헤세랄드의 왕자이자 트위스티드 서열 7위의 마검사가 히쭉 웃었다. 놈은 소멸 마법을 쓸 기회만 엿보고 있는 것 같았다.

"뭐 굳이 내가 나서지 않아도 어차피 너는 여기서 죽을 운명이지만. 그래도 네 목숨은 내 손으로 끝장내고 말겠다."

저벅.

그 말이 끝남과 동시에 슥 하고 로브를 입은 자가 어두운 로비로 걸어 들어왔다. 실제로는 부유 마법으로 반쯤 뜬 채로 날아오고 있었다.

그는 디건을 잠시 못마땅하게 바라보다가 툭하고 말했다.

"J. S는 죽이면 안 된다. 그는 내가 데려갈 것이다."

"프론스티."

그는 트위스티드의 서열 3위이자— 라스트 원과 페드라크가 없는 지금, 실질적으로 트위스티드를 이끄는 우두머리였다. 프론스티를 처음으로 눈앞에서 보게 되자 생각보다 어마어마한 마력에 정신이 아득해졌다.

눈으로 보일 정도로 구현화 된 마력.

설마 대마도사라지만, 일개 인간이 말키스 급 드래곤인 므나쎄와 마력이 비슷할 정도라니! 저자는 9클래스인 게 틀림없다.

후와악!

연이어서 불꽃과 함께 순간이동하며 조그마한 체구의 백색 단발머리 소녀가 나타났다. 하지만 겉모습과는 달리, 저 소녀야말로 대륙의 이종족을 이끄는 3대 제왕인 환왕(幻王)이다.

트위스티드의 서열 5위, 환왕 카라얀이 퉁명스럽게 말했다. 내 존재 자체가 마음에 들지 않는 듯했다.

"너만 온 거냐? 선홍혈의 주인은 어디 있지."

그랑시엘의 존재를 신경 쓰고 있었다. 카라얀은 그랑시엘이 어디엔가 같이 따라왔다고 생각하는 모양이다. 나는 대꾸하지 않은 채 속으로 크게 한숨을 내쉬었다.

'하아.'

최악이다. 진짜 최악이다.

나는 졸지에 트위스티드의 간부 넷과 상대하게 된 셈이다. 현존하는 지상 최강의 비밀 조직의 간부 절반과! 처음에 들어올 때 예상했었던 최악의 상황이 벌어지자 말문이 막혀 버렸다.

…9클래스 마스터가 아니라 용병왕이라도 이 상황은 곤란하지 않을까?

"어이가 없네."

말 그대로다.

나는 하도 어이가 없어서 이누타브 블레이드를 늘어뜨렸다. 하지만 센마도 이 상황이 자신에게 엄청나게 유리하다고 생각하는지, 따라서 샴시르를 내렸다. 나는 머리를 벅벅 긁으며 물었다.

"어떻게 알아챘지? 그리 시간이 지나지도 않았는데."

내 의문은 그것이다.

내가 잠입하고 나서 아크를 따라오고, 센마와 싸운 시간은 고작해야 10분에 지나지 않는다. 10분 전까지만 해도 다크엘프 마을은 분주하게 침공에 대비하고 있었던 것이다.

이렇게 나타났다는 것은 바로 알아차렸다는 말밖에 되지 않는다. 그리고 내가 도청하기로는 놈들에겐 그런 낌새가 없었다.

그 말에 카라얀이 가늘게 웃었다. 언제나 그렇듯 사람 속을 긁는 웃음이었다.

"우후후후. 어린 아해야. 나만은 처음부터 네가 숨어들지도 모른다고 의심하고 있었다. 그래서 내 꼬리 분신을 마을에 숨겨 놓고 다크엘프들을 감시하고 있었지. 아니나 다를까 레이오페의 부관이란 놈이 수상쩍은 행동을 했더구나. 나는 네가 사자를 노린다는 걸 알아챘다."

"…망할."

제대로 낚였군.

나는 카라얀이 너무 똑똑해서 재수가 없을 지경이었다. 설마 아홉 꼬리가 분신해서 인간화할 수 있다는 걸 이용해서, 내 잠입까지 알아차리다니! 괜히 구미호가 드래곤보다 똑똑하고 눈치 빠른 생물이라는 게 아니다.

그렇다고 해도 바로 내 목적을 눈치챘단 것은.

'역시 이 녀석들은 센마를 호위해서 북방신의 사자가 각성하게 하려고 따라온 거였어! 센마가 반신이 되면 에인션트 드래곤도 센마를 이길 수 없을 테니까.'

전쟁보다 훨씬 중요한 일이다. 만일 내가 임무 수행 때문에 그냥 가 버렸다면, 세상은 얼마 후에 검술도 마법도 통하지 않는 초괴수 하나를 맞이하게 되었을 것이다.

프론스티가 말했다.

"너에 대해서는 흥미가 아주 많다. 하급 사신 무로스를 인간화시키고, 명부의 계약을 해제해 버렸다… 그것도 모자라서 명부왕이 직접 호위하게 시켰다."

"……"

프론스티가 노갈을 터뜨렸다.

"아무리 동방신의 사자라지만 명부왕이 그렇게까지 할

출현 167

이유는 없다! 너는 대체 어떤 비밀을 숨기고 있는 것이냐?"

나는 대답하지 않았다. 아니, 못 했다.

'내가 어떻게 알아!'

프론스티가 물은 건 나도 이해가 가지 않는 일이다. 내가 무로스를 인간으로 만들어 버린 것은 내가 각성한 E.C(Experience Consumer, 익스피리언스 컨슈머) 때문이었다.

익스피리언스 컨슈머는 상대의 경험치가 없으면 신성을 파괴해 버리는 능력이 있었다. 그때 이후로는 한 번도 써 본 적이 없지만, 잘만 하면 이걸로 사방신도 없앨 수 있다.

아, 잠깐. 그러고 보니 익스피리언스 컨슈머 말고도 다른 각성기가 있었는데… 레벨 다우너(Level Downer)나 룰 더 레벨(Rule the Level)이었지.

그때 레비가 뜬금없이 말했다.

[각성기는 지금이라면 둘 다 배우실 수 있습니다.]

'응? 그래?'

레벨이 올라서 그런 건가.

[잠시… 어떤 능력인지 말씀드릴게요.]

레비는 설명을 준비하는지 말이 없어졌다.

…아니 설명도 좋지만 당장 내가 죽게 생겼다고?! 레

비 너무 여유로운 거 아녀?!

그때 디건이 퉁명스럽게 말했다. 놈은 나를 없애고 싶어서 손이 근질근질한 모양이다.

"아무래도 좋아. 일단은 저 빌어먹을 평민 놈을 제압하자고, 영감. 질문은 그때 해도 되잖아."

"호오. 네 어린 녀석이 옳은 말을 할 때가 있구나."

프론스티가 디건의 말에 동의했다. 그도 말보다는 주먹이 앞서는 성격으로 보였다. 그들의 전신에서 마력이 피어오르자 장내에 긴장이 꽉 들어찼다.

카라얀은 걱정스러운 눈으로 센마를 바라보더니 말했다. 카라얀의 눈이 센마의 부상으로 향해 있었다.

"여기는 우리한테 맡겨 두고 의식을 하러 가라. 키스라비의 힘을 견디기에는 아직 힘이 부족하잖아."

"알겠습니다."

카라얀의 말은 정성스럽고 따뜻했다. 뜻밖에도 카라얀은 진심으로 센마를 아끼고 있었다. 뭐 그만큼 나를 제압할 자신이 있다는 말이겠지만.

'약해지지 말자.'

나는 적에게서 인정을 보게 되자 조금 마음이 약해졌지만 곧 다잡았다.

센마는 힐끗 나를 바라보더니 샴시르를 검집에 집어넣었다. 내가 달려들 수 없다고 여긴 것이다. 그녀는 다시 계단을 오르더니 내게 말했다.
"올라오지 마."
"……"
그 말은 해석하기에 따라 뜻이 다양해졌다.
'어느 쪽이야?'
그냥 이 자리에서 뼈를 묻으란 말도 되고, 어찌 보면 내가 이기고 올라올 거라고 생각하는 듯했다. 센마는 키스라비를 해제하고는 천천히 계단을 올라갔다.

센마의 모습이 3층까지 올라가서 더 이상 보이지 않게 되었을 때 디건이 히쭉 웃었다. 이제 손을 쓸 생각으로 보였다.

"감히… 평민 네놈 따위가 이 몸에게 그런 모욕을 줘? 선왕께서도 내게 그렇게 함부로 하지 못했다. 그런데 감히, 이 나에게…."

디건은 분노하더니 이내 잔인하게 웃었다.

"<u>ㅎㅎㅎㅎ</u>!!"

내게 복수한다는 쾌감이 치솟는 것이다. 웃는 건 좋은데 저렇게 실실거리니까 짜증나네? 웃는 게 재수 없어서, 나는 희열에 들떠 있는 디건에게 찬물을 끼얹었다.

"서열 4위였던가, 그래 노레트한테 업혀 가니까 살 만하디? 니 스승님이 참 좋은 말 해 줬겠다. 나 같으면 쪽팔려서 죽지, 죽어."

"……!!"

디건의 얼굴이 마치 용암처럼 붉어졌다. 극도의 수치심과 분노 때문에 감정이 격해진 것이다. 놈이 더 참지 못하고 마왕문 파프니르를 일으키려고 할 때 프론스티가 손을 뻗어서 제지했다.

"잠깐."

프론스티의 분위기가 이상하다. 프론스티의 눈이 갑자기 가라앉았다.

"설마 '그' 노레트가 디건을 구했다는 말인가? 들은 것과 다르군. 엉덩이 무거운 그 괴인이 직접 움직이다니."

그 말에 디건이 당황해서 손사래를 쳤다. 비밀을 들킨 것처럼 안색이 새하얘졌다.

"자, 잠깐 영감. 내 말 좀 들어 봐."

그렇군!

틀림없다. 저 녀석은 혼자 힘으로 탈출했다고 뻥을 친 것이다. 카라얀의 눈빛까지 이상해지자, 나는 속으로 고소해하며 재빨리 확인 사살을 했다.

"내 손에 묶여서 갑판에서 목을 베이려고 할 때 노레트란 놈이 나타났지. 너희 쪽 서열 4위 아냐? 뭐, 들쳐 업고 갈 때 저 녀석 얼굴이 가관이더만."

죽어라~ 떨어져 내려라~

출현 171

"아, 아, 아냐!! 그런 일 없었다!!!"

디건이 발악하듯이 소리를 질렀지만 이미 프론스티와 카라얀의 얼굴은 딱딱하게 굳어져 있었다. 그와는 대조적으로 디건의 얼굴은 푸르죽죽하게 변해 갔다.

꼬시다, 이 자식아.

내가 속으로 히죽이죽 웃고 있을 때 카라얀이 턱을 괴었다. 그 모습은 앙증맞고 귀여웠지만 표정은 무척 복잡해 보였다. 카라얀이 중얼거렸다.

"노레트는 볼트 대장군과 엘프 로드 페드라크가 추천해서 10인 중에 들어왔지. 그들 말고는 누구도 정체를 몰라."

응? 뭔가 분위기가 이상한데.

"그가 디건을 구했다라. 골든프릭스 용병단과의 전쟁에서도 모습을 드러내지 않던 자가 저놈을 도왔다고."

연이어서 중얼거리던 프론스티의 눈이 날카롭게 변했다. 그 눈은 명백히 디건에게 살기를 내뿜고 있었다. 디건은 이를 앙다물며 그 시선을 정면으로 받았지만, 역시 격차가 있는 건지 기세에 눌리는 모습이었다.

"아, 아니 들어 보라고…."

디건이 어눌하게 말했지만 이미 늦은 후였다.

"나를 속였군, 디건 헤세랄드. 너는 노레트의 정체를 알고 있다!"

노갈을 터뜨린 프론스티가 갑자기 손을 휘저었다. 미리 대비하고 있던 덕분에 디건의 몸 주변에 솟아오른 다섯 개의 실드 주문이 빠르게 프론스티의 에너지 볼트를 막아 내었다.

쿠콰쾅!

디건은 재빨리 마왕문 파프니르를 발동하고 있었지만 그때는 이미 그의 전신이 밀려서 벽까지 처박히고 있었다. 너무나 급작스런 상황 변화라서 디건은 찍소리도 하지 못한 채 비명을 질렀다.

"크아아악!!"

콰앙!

그 짧은 순간에 압축된 고위 주문이 열 개나 디건에게 날아들었다! 내 눈으로 판단하기에는 모두 7클래스 이상이었다. 마력을 압축시키는 건 고위 마도사조차도 실패율이 높고, 하나 이상은 불가능하다.

그런데 열 개나 되는 고위 주문을 장난처럼 무영창으로 방출하다니! 나는 프론스티의 마력과 마법 수준에 한순간 전율하고 말았다.

'격이 달라!'

지금까지 봤던 어떤 마도사보다 강하다. 굳이 비교를 하자면 엘프 로드 페드라크 정도다. 그나마도 직접 붙여 봐야 승패를 알 것 같다.

"난 정말 몰라!!"

디건이 악을 썼지만 프론스티가 손을 뻗은 채 디건을 추궁했다. 역장 주문인지 가만히 있는데도 디건의 몸이 빨랫감처럼 벽에 눌렸다.

"잡힌 그때는 몰랐을 수도 있겠지. 하지만 노레트에게 구출되고 복귀하기 전의 사이… 그때 너는 노레트의 정체를 알게 된 게 아닌가?"

꾸지직!

"크으… 그게 무슨 대수야? 그놈의 정체 따위가 뭐가 중요한데? 저 동방신의 사자를 빨리 제압하진 않고 이게 뭐하는 짓이냐!!!"

디건 헤세랄드가 벽에 박힌 채로 전신에서 피를 흘리며 울부짖었다. 놈도 하수는 아니라서, 마왕문을 발동하며 프론스티의 마력에서 점차 빠져나오고 있었다.

'저 말이 맞는데.'

디건의 말은 일리가 있다. 놈들에게 북방사자의 의식은 이 궁벽한 산골로 올 정도로 중요한 일이고, 가장 큰 방해물은 바로 나다. 그러면 나를 붙잡아서 제압하는 게 우선인데 디건부터 잡아 족치고 있는 것이다.

그 말에 대답한 것은 카라얀이었다. 녀석도 이미 나한테는 별로 관심이 없어 보였다.

"중요하지."

"왜?!"

"우리의 군주, 사상최강의 마도사 라스트 원(Last One)의 행방을 알고 있는 것은 노레트뿐이기 때문이다."

"…라스트 원이라고!"

디건이 황당한 듯 중얼거렸다. 녀석은 설마 그가 언급될 줄은 상상도 못한 것이다. 디건 놈은 노레트의 정체를 어렴풋이 알고 있지만 대단치 않다고 여기고 있었기 때문이다.

라스트 원.

트위스티드의 서열 1위이자 창립자.

나는 마법 지식이 쌓이면서 알게 된 인물로서, 말 그대로 마인 중의 마인이었다. 스승도 없이 10살에 8클래스 마스터가 되고, 12살에 9클래스의 마스터가 된 괴물(Monster).

마법의 황금기로 불리는 시대지만 지금도 라스트 원을 뛰어넘는 마도사는 존재하지 않는다.

이미 재능과 마력이 인간을 초월했던 라스트 원은 15세가 되자 전 세계에서 자신을 뛰어넘을 자가 없었다. 그래서 그는 왕궁 대마도사를 그만두고 어디론가 잠적해 버렸다.

그가 은둔하거나 죽었다는 소문도 많았지만, 사실 그

는 사라져서 트위스티드를 창립한 것이다. 라스트 원이 마법결사를 만든 이유는 알려지지 않았지만, 그 후 혼자 힘으로 고룡을 토벌하자 세간에 공포의 대상이 되었다.

'난 들었어. 분명히 라스트 원과 용병왕이 양패 구상했다고 그랬어.'

골든프릭스 용병단이었던 블라스팅이 그렇게 말했다. 승천최종의 도시에서 용병왕과 라스트 원이 1대1로 대결했고, 서로 승패를 내지 못하고 던전의 어둠 속으로 같이 떨어졌다는 것이다.

던전의 어둠 속은 차원의 틈바구니보다 더한 무저갱이라서 양쪽 세력은 둘 다 죽었을 거라고 생각했다. 훅스 씨도 용병왕이 죽었다고 말했다.

'일이 재밌어지네.'

달아나려면 지금이다. 녀석들은 자기들 실력으로 충분히 나를 제압할 수 있다고 믿고 있지만, 그건 센마가 있을 때의 이야기다. 지금이라면 달아나는 것도 뒤쫓는 것도 얼마든지 가능하다.

하지만 나는 얼어 버린 체하며 눈앞의 상황에 집중했다. 어쩌면 놈들의 얘기가 큰 단서가 될지도 모르기 때문이다.

디건이 갑자기 나를 휙 노려보더니 말했다.

"…좋다. 그러면 이 일이 끝나는 대로 노레트의 정체

를 말해 주겠어. 그러니까 지금은 저놈을 다 같이 잡아 족쳐야 해!!"

…어?

"크크큭. 그 말에 책임져라."

니들 설마 그걸로 끝?

프론스티가 괴소를 흘리면서 역장 주문을 풀었다. 동시에 카라얀도 내게 살기를 향했다. 나는 순식간에 운신할 폭이 좁아지자 인상을 찌푸렸다.

'그냥 움직일걸.'

겨우 몇 초 전의 선택이 후회되었다. 완전히 디건을 심문하는 분위기라서 오래갈 줄 알았는데, 역시 놈들도 바보가 아니라서 적 앞에서 주절거리진 않는 것이다.

"각오해라."

각오 같은 건 언제든지 하고 있거든. 빌어먹을 새끼들아.

이제 곧 공격해 온다. 디건의 손에서 마왕문이 불타오르면서 분신을 만들어 내고 있었고, 프론스티가 재차 압축된 주문을 떠올렸다. 카라얀은 꼬리 분신을 만들 생각이었다.

아무리 나라도 저놈들의 일제 공격을 받으면 목숨이 위험하다. 이누타브 플레이트로 막아도 꽤 아슬아슬하겠지.

그때였다.

[자아~ 그럼 지금부터 남은 두 개의 각성기, 레벨다우너와 룰 더 레벨에 대해서 설명을 드리겠습니다!]

"……"
어이?!
나는 순간 휘청거릴 뻔했다. 레비가 난데없이 설명을 한답시고 내 머릿속에 말을 건 것이다. 물론 내게 필요한 일이지만, 좀 더 빨리 설명해 줘야지!!
레비가 왠지 멋쩍어했다.
[아, 그게… 주인님이 너무 레벨업에만 집중하셔서 기억을 나락으로 처박아 두셨거든요. 찾느라 조금 시간이 걸렸어요.]
'아, 그래. 다 좋으니까 빨리 설명해 봐. 잘못하면 또 죽느냐 사느냐 yes or no를 고통 속에서 골라야 할 판이라고. 고통은 익숙하지만 죽는 건 짜증나!'
안 죽는 게 축복은 아니다. 내가 죽을 때마다 느끼는 그 고통과 절망은 차라리 죽는 게 낫다는 생각이 들 정도다.
[네에~ 일단 설명하기에 앞서서 선택권이 있으신데요, 경험치 100,000,000을 투자하시면 이미 익힌

익스피리언스 컨슈머의 레벨을 최대 레벨로 만드실 수 있습니다.]

'...경험치 1억?! 뭐가 그렇게 많아!! 겨우 스킬 하나에 그렇게 경험치를 투자한 적은 없었어! 아무 기본 직업이나 붙잡아도 한 번에 5차 상위직까지 올릴 만큼 큰 경험치잖아!!'

내 항변에 레비가 킥킥 웃었다.

[그렇긴 한데 익스피리언스 컨슈머 최대 레벨인 Lv. 3이 되면 능력이 끝내줘요.]

순간 나는 이렇게 오랫동안 대화하는데도 시간이 거의 흐르지 않는 것을 깨달았다. 레비의 능력인지, 주변의 시간이 극도로 느리게 흐르면서 나와 레비의 대화만 수월하게 이어지고 있었다.

이러면 공격 받을 걱정은 없다.

나는 조금 안심하며 말했다.

'어떤 능력이 되는데?'

[사방의 자연지물을 Exp로 환원해서 흡수할 수 있습니다. 적이 레벨 15 이하면 접촉만으로 exp로 분해시켜 버릴 수 있어요.]

'......'

조, 조금 사긴데? 그럼 지금까지처럼 적을 쓰러뜨리지 않아도 알아서 경험치를 올릴 수 있단 말이잖아! 물론 지금 나는 퀸틸리온이 있으니까 의미 없지만.

[경험치가 오대양 육대주를 가득 떠서 백 번 부어도 남으면서 1억 정도를 아까워하면 어떡해요. 때는 이때다~ 하고 앗싸리 강해지면 그만이지.]

'……'

왠지 투정 부리는 듯한 목소리였다. 나는 이상함을 느끼지 못하고 레비의 말에 동의했다. 확실히 이제 와서 경험치를 아낄 필요는 없는 것이다.

'그럼 E. C를 레벨 3으로 만들고. 나머지 능력도 전부 레벨 3으로 해 줘!'

[그러면 총 25,000,000,000의 경험치가 필요합니다.]

'……'

2, 250억이라고… 갑자기 왜 그렇게 많아져? 내가 단위에 살짝 충격을 받고 있을 때 레비가 아무렇지도 않다는 듯 말했다.

[각성기 3개 중에 뭘 먼저 익혀도 하나 마스터하는 데는 1억이 소모됩니다. 갈수록 필요경험치가 많아져서 전부 다 올리려면 250억이 필요한 거고요~]

말은 된다. 직업도 여러 개를 다 올리려면 경험치가 곱절로 들기 때문이다.

'그, 그래. 뭐 어쨌든 올려 주라.'

하지만 납득하기 힘들다. 250억이라니.

내가 자력으로 벌어들인 경험치가 채 20억이 안 되는 걸 감안하면 실감이 안 나는 수치다. 그런 경험치를 들이붓고 겨우 기술을 3개 익힐 뿐이라니 아깝다는 생각이 들었다.

[그럼 이제 기술 설명 드리겠습니다. 레벨 다우너 (Level Downer) 최대 레벨을 익히셨으니, 눈앞에 있는 변태 마법사랑 재수탱이, 로리 구미호는 한 방이에요! 거침없이 밟아 주시면 돼요. 룰 더 레벨 (Rule the Level) 최대 레벨을 익히셨으니, 아까 고전했던 그 피부 가무잡잡 추녀는 한 방이에요! 거침없이 밟아 주세요. 이상, 스킬 설명이 끝났습니다~]

'……'

[…….]

가공할 만한 침묵이 흘렀다. 나는 눈을 희멀겋게 뜬 채, 밤을 샌 사람처럼 멍하니 서 있었다. 내 머리로는 이 상황이 정리가 되지 않는다.

'……'

[…왜요?]

'너무 뜬금없잖아.'

솔직한 감상이다.

[에? 전 사실대로 말한 건데. 다 익히셨으니까 재

들 정도는 다 한 방이에요~ 블랙북 말대로 주인님은 그 오레이칼코스의 세계에서 투명한 드래곤(Invisible Dragon)만큼이나 짱 쎄지셨다고요.]

'너 어째 말하는 정신연령이 점점 내려간다?'

말하는 게 왜 이래? 내가 기가 막혀서 말하자, 레비는 도리어 엣헴 하면서 자랑스럽게 말하는 것이었다.

[전 마음만은 언제나 이팔청춘이니까요!]

아, 그렇군. 이 녀석이랑 진지한 얘기를 하려던 내가 등신이다.

'아 그러세요. 난 전혀 관심 없거든.'

[휴, 어쩔 수 없군요, 그러면 일단 힌트를 드릴게요.]

레비가 한숨을 내쉬더니 말했다.

[저 녀석들이 마법 공격을 할 때 레벨 다우너를 발동하시고, 센마라는 추녀랑 싸울 때는 룰 더 레벨을 발동해 주세요. 그러면 저절로 알게 되실 거예요.]

어차피 이 상황은 죽기 아니면 살기다. 나는 슬며시 고개를 끄덕이며 동의했다.

'…그러지 뭐.'

나는 뭔가 안 닦은 듯한 찝찝함에 표정이 일그러졌다. 그나저나 이 녀석은 왜 아까부터 자꾸 센마를 추녀라고 강조하는 건지 모르겠다. 센마가 이 녀석한테 잘못 보인 거라도 있는 건가?

레비는 내 의문에 망설이다가 말했다.

[그 여자는 고양이를 싫어하니까요.]

'응?'

[그런 게 있어요.]

이상한 놈일세.

그 말이 끝나면서 서서히 시간이 원래의 흐름대로 돌아오기 시작했다. 역시 레비의 힘으로도 시간을 무한정 멈춰 둘 수는 없는 것이다. 나는 시간이 빠르게 정상으로 돌아오자마자 외쳤다.

"티마이오스!!"

두웅.

시간은 잠시 동안 내 것이다!

이누타브 블레이드가 빛나면서 시간의 회랑이 펼쳐졌다. 나는 세피아 색 세계가 닥쳐오자마자 재빨리 블링크로 이동해서 녀석들의 뒤쪽으로 돌아갔다. 내가 자세를 잡는 사이에 티마이오스가 풀렸다.

콰광 하면서 내가 서 있던 곳이 폭약 맞은 것처럼 터져나갔다. 역시 가만히 있으면 죽기 십상이었군.

"거기냐!"

녀석들은 그 찰나의 순간에 내가 이동한 곳을 알아차리고는 그대로 다른 주문을 내뻗었다. 하나같이 세간에서 대마도사라고 불릴 녀석들이 합공을 하는 모습은 장관이었다.

어둠으로 이루어진 구체가 허공에서 급격히 거대해지면서 내가 달아날 곳을 봉쇄했다. 어둠의 마력으로 만들어진 거라서 디스펠드 할 수도 없다. 이건 아마 프론스티가 만들어 낸 오리지널 주문일 것이다.

내가 재차 블링크해서 위치를 옮겼지만, 그곳에는 미리 유도 주문을 뿌려 둔 디건의 파이어 볼이 다섯 개나 날아오고 있었다. 역시 세 명이나 되니까 반격당할 부담 없이 날 공격할 수 있는 것이다.

"홀리 바운드!"

내가 검으로 땅을 찍자, 성스러운 파장이 땅에 흐르면서 파이어 볼을 없애 버렸다. 그랜드 팔라딘이라서 이런 주문은 쉽게 대응할 수 있다.

"흥. 재주는 그게 전부냐?"

하지만 그때는 기다렸다는 듯 카라얀이 합장을 하면서 필살기를 날려 오고 있었다.

"초열구대겁화(Nine Hell) 팔층천(Eighth Hell)."

전에 꿈에서 봤던 초열구대겁화! 구미호의 수장에게만 전승되는 지옥의 불꽃이 인간 세상에 펼쳐졌다.

고오오오.

합장한 손에서 무간지옥을 연상시키는 겁화가 번져 나

왔다. 불꽃 한가운데 서 있는 카라얀의 모습이 마치 괴물 구미호처럼 보였다.

나는 그 겁화의 온도가 예전에 봤던 흑색 불꽃과 비슷한 것을 알아챘다. 무려 궁극 주문 헬파이어보다 두 배나 뜨거운 것이다.

쿠구구구구.

사방을 감싼 거대한 불꽃이 불대문자를 그리면서 내게 내려앉았다. 공기를 통째로 태워 버리면서 상대의 마력 파장까지 막아 버리고 있었다. 도무지 피할 수도 막을 수도 없는 절대적인 공격이었다. 9클래스의 그랜드 포스필드를 써야 막을 수 있을 것 같았다.

'제길! 날 잡으려는 거야, 죽이려는 거야?!'

타나토스의 날개가 있으면 쉽사리 피하면서 대등하게 싸울 수 있겠지만, 센마에게 한 번 찢어져서 쉽사리 나오지 않는다. 나는 결국 실력으로 대항하는 것을 포기하기로 했다.

"레벨 다우너(Level Downer)."

그래 레비, 네 말대로 해 보자. 이런다고 얼마나 소용이 있을까마는. 불타 죽는 건 정말 싫은데.

내가 반쯤 체념하고 있을 때 눈앞에 파란색 메시지 창이 떴다.

레벨 다운 찬스(Level Down Chance)!!
팔층천의 레벨은 67입니다. 레벨을 1 낮출 때마다 경험치가 15,000씩 소모됩니다. 상대의 스킬 레벨을 얼마로 낮추시겠습니까?

…응? 이건 뭐야.

나는 얼떨결에 3이라고 생각해 버렸다. 말로 할 시간도 없을 정도로 불꽃이 가까이 다가온 것이다. 그러자 재차 파란색 메시지 창이 떴다.

레벨을 64 낮췄습니다. 총 960,000의 경험치를 소모해서 팔층천의 스킬 레벨을 3로 낮췄습니다. 아쉽게도 추가 더블찬스는 실패! 다음 기회를 이용해 주세요.

추가 더블찬스는 또 뭐야?

그리고 다음 순간 벌어진 일은 모두를 멍하게 해 버렸다. 카라얀의 불대문자가 급속히 쪼그라들더니 이윽고는 견습 마법사가 갓 배워서 시전한 듯한 파이어 볼 크기로 변했다. 화력도 그만큼 줄어들었는지 이윽고는 양초 불처럼 되어 버렸다.

화륵거리며 내려앉은 팔층천의 불꽃은 내가 홀리바운드를 운용하며 손을 휘두르자 사라져 버렸다. 너무 쉬운 일이라서 나 자신도 어리벙벙할 정도였다.

"……."

"이… 이럴 수가!!"

그때까지 전혀 동요한 적이라곤 없던 카라얀이 처음으로 깜짝 놀랐다. 내가 멀쩡히 서 있는 것보다는, 자신의 필살기가 쪼그라든 게 이해가 되지 않는 모습이었다.

프론스티와 디건도 마찬가지였다. 카라얀만큼 놀라진 않았지만, 주춤거리면서 공격하기를 주저했다. 그들도 카라얀의 화염 주문 능력이 트위스티드 최강이라고 꼽고 있었던 것이다.

아마 단일 공격력으로 카라얀을 뛰어넘는 인물은 트위스티드에서 한 손가락으로 꼽을 것이다. 그들에게 있어서 카라얀의 필살기가 데미지를 못 주는 일은 있을 수도, 있어서도 안 되는 일이었다. 프론스티가 날카롭게 나를 노려보았다.

"무슨 짓을 한 거냐!"

"하, 하하."

나는 어색하게 웃었다. 이게 어떤 능력인지 알 것 같다. 자신이 보고 인식한 상대의 스킬이나 능력의 레벨을 낮추는(Level Down) 능력인 것이다! 당연히 당하는 상대 입장에서는 혼란스러울 수밖에 없다.

그리고 저놈들 중에서 전사처럼 싸울 수 있는 것은 아마 디건밖에 없다. 아무리 강대하기 짝이 없는 마법과 초능력을 휘둘러도, 방출되어서 나오는 이상 레벨 다우너를 피할 수 없는 것이다.

'다 한 방이라는 게 그런 뜻이었구나.'

이제야 레비의 말뜻을 알 것 같다. 물론 스킬 레벨을 낮출 때마다 내 경험치를 소모해야 하지만, 어차피 내 경험치는 무한에 가깝다. 저놈들이 천년만년 공격해 봐야 날 어쩔 수 없는 것이다.

나는 우세에 섰다는 사실을 실감했다. 천하의 트위스티드 간부가 세 명이나 내 앞에 있지만, 녀석들은 결코 날 어쩌지 못하는 것이다. 거기에 이누타브 플레이트를 소환하고 있으면 티끌 하나 상처 입지 않을 것이다.

"미안하지만 더 놀아 줄 시간이 없네!"

나는 어깨를 한 번 으쓱했다.

"슬슬 올라가 봐야겠어. 그럼 이만!"

쾅!

말이 끝나자마자 나는 다리에 힘을 주어서 허공으로

뛰었다. 내 각력만 해도 발차기로 성의 거대한 기둥축대를 무너뜨릴 정도니, 한 번 제대로 점프하자 단번에 로비의 4층까지 뛰어올랐다.

"어딜 네 멋대로 가!!"

"거기 서랏!"

프론스티와 디건이 노갈성을 터뜨리며 각자 주문과 검을 날려 왔다. 특히 디건의 마왕문이 힘을 발휘하면서 분신이 생겨나자, 단번에 최상급 마검사 셋이 블링크하며 공격해 왔다.

허공에서는 몸을 마음대로 움직일 수 없지만, 나는 부유 주문을 써서 몸을 띄운 후 여유롭게 디건의 공격을 피했다. 디건은 자기 공격이 생각대로 안 맞자 표정이 일그러졌다.

"레벨 다우너!"

나는 다시금 레벨 다우너를 써서 프론스티의 대마법, 그랜드 라이트닝을 없애 버린 후 유쾌하게 웃었다.

"아하핫! 디건, 네 단점이 뭔 줄 알아? 검도 마법도 어중간하다는 거야!"

"뭣?!"

디건은 자기 등 뒤에서 내 목소리가 들려오자 깜짝 놀라서 노바소드를 휘둘렀다. 하지만 그건 소리가 다른 곳에서 들리게 하는 고스트 에코(Ghost Echo) 주문으로

출현 189

만든 환영이었다.

디건이 속았다는 걸 깨닫기도 전에, 이미 놈의 몸뚱이로 내 주먹이 날아들고 있었다.

거대 크라켄도 일권으로 잠재우는 주먹이!

꽈광!

"크아아아아악!!"

디건은 블링크로 떠올랐을 때보다 몇 배나 되는 속력으로 지상 로비에 떨어져 처박혔다. 한 번에 분신까지 모조리 쳐 냈기 때문에 디건은 피할 수도 없었다. 고위 실드 주문을 쳐 놓고 있어서 목숨만은 건졌지만, 디건은 입가에서 피거품을 게워 냈다.

"크어억… 이… 자식이…."

한차례 몸을 떨다가 디건은 툭하고 손을 떨어뜨리고 말았다. 레벨업 창에서 이름이 지워지지 않았으니 죽지는 않았지만, 중상이라서 몇 달간은 싸울 수 없게 될 것이다.

"셴마에게 보내 줄 것 같으냐!"

로비에서 나를 노려보던 카라얀이 다짜고짜 자신의 꼬리를 분열시켰다. 분열한 꼬리는 모두 카라얀의 모습을 하고 있었는데, 마치 열 쌍둥이처럼 보였다. 나는 허공에 뜬 채로 물었다.

"그건 또 뭐야?"

"가라, 나의 권능!"

파앗!

카라얀이 짧게 명령을 내리자 꼬리들이 흩어지며 제각기 내 주변으로 블링크 해 왔다. 디건의 분신과는 달리 능력이 대단치 않았지만, 내 주변을 맴돌면서 뭔가 노리고 있는 것 같았다.

'뭐야? 이 기술은 뭐지?'

여우 귀를 한 미소녀들이 알랑거리면서 주변을 날아다니는 광경은 정말 기묘했다.

'짜증나!'

공격할 생각도 없으면서 계속 깔짝거리는 게 여간 신경 쓰이는 게 아니었다. 내가 자리를 벗어나서 센마를 쫓아가려고만 하면 하나하나가 귀신불처럼 변해서 내 몸에 달라붙으려고 했다.

"귀찮군! 이누타브 플레이트!!"

철컹.

홍염의 갑옷이 내 몸에 장착되자 더 이상 카라얀의 분신들은 나를 견제할 수 없게 되었다. 나는 이제야말로 귀찮은 게 사라졌다고 여기며 센마가 있는 곳으로 가려고 했다.

꽈과광!

"……?!"

난데없이 내 전신에 엄청난 충격이 몰아치면서 바람개비처럼 허공을 날아간 것은 그때였다. 대비할 틈도 없이 주문을 맞았지만 이누타브 플레이트 덕분에 큰 부상 없이 살아난 것이다.

"크윽…"

내가 흙먼지 속에서 몸을 일으키자, 그곳에는 질린 표정을 하고 있는 프론스티가 공중에 떠 있었다. 프론스티의 이마에는 세 번째 눈이 달려 있었다.

"무서운 놈. 1할의 마력을 담아서 날린 메테오 캐논(Meteor Cannon)인데, 그걸 처맞고도 살아 있단 말인가."

위이이잉.

허공에 떠 있는 프론스티 주변에는 세 개의 마법진이 살아 있는 것처럼 명동하고 있었다. 그 마법진 하나하나에서 느껴지는 마력이 디건보다 높았다. 아마도 저 마법진이 알아서 움직이면서 마력포를 내쏜 것이다.

카라얀의 속셈은 처음부터 내 발길을 붙잡고 프론스티가 저 능력을 발동할 시간을 주는 것이었다. 카라얀은 어느새 밑에서 분신을 회수한 채 재차 공격할 준비를 하고 있었다.

"이런!"

레벨 다우너로 우위에 섰지만 역시 이놈들은 강하다!

프론스티는 이마에 나 있는 세 번째 눈을 깜박이면서 싸늘하게 웃었다.

"그게 이누타브의 갑옷이라고 해도, 3개나 되는 9클래스 주문을 맞고 오래 버틸 순 없을 것이다."

"하! 해 보시지. 방금 전에는 못 봐서 어쩔 수 없었지만, 또 무효화시켜 줄 테니까."

나는 코웃음 치며 가벼운 허세를 부렸지만, 프론스티는 지능과 지혜가 월등히 뛰어난지 걸려들지 않았다. 그의 웃음이 더욱 짙어졌다.

"크크크! 내가 보기에 너는 한 번에 하나의 능력을 없앨 수 있는 것 같군. 참고로 이 상태의 나는 언제 어느 각도로든 주문을 쓸 수 있지… 동시에 날아오는 궁극 주문 3개를 언제까지 막을 수 있을까?"

"……."

젠장, 들켰다! 방금 전에 알아차린 거지만, 내가 못 본 공격은 어쩔 수 없는데다 한 번에 하나만 레벨다운 시킬 수 있다. 카라얀이 그때 프론스티 옆으로 블링크 하면서 팔짱을 꼈다.

"나도 같이 하지. 아까는 쉽게 잡으려다 실패했지만, 나까지 공격하면 그 잘난 갑옷이 오래 못 버티겠지."

"갑옷 자랑한 적 없어."

어디서 없는 사실을 지어내고 그래? 내가 퉁명스럽게

대꾸하자 카라얀이 한층 더 오만한 표정으로 내려다보았다.

"아무튼!!!"

"……."

아. 이 녀석 짜증나.

나는 힐끔 센마가 사라진 통로를 바라보았다. 벌써 센마가 들어간 지 5분이 넘었다. 그 의식이란 게 빨리 끝나는 거라면 서둘러야 한다. 프론스티가 서서히 손을 뻗으며 내게로 살기를 집중시켰다.

"엘프 로드 페드라크도, 내가 이 서드 아이(Third Eye)를 얻은 후엔 날 이길 수 없다고 했다! 내가 전력을 다하게 만든 네가 실수한 것이다."

"아, 그러세요?"

득의양양해서 말하는 게 왠지 아니꼽다. 하지만 이 상태론 불리하니 나는 함부로 움직이지 못했다. 저놈들 말대로 함부로 움직이면, 아무리 이누타브의 갑옷이라도 부서질 게 분명하다.

그렇게 대치하고 있을 때였다. 별안간 입구 쪽에서 늙수그레한 목소리가 들려왔다.

"글쎄. 그 페드라크가 불완전한 9클래스 마도사에게 그런 평가를 내렸을 것 같진 않구먼."

"뭐라고?"

프론스티가 불쾌해하며 뒤를 돌아보았다.

모두의 이목이 그쪽으로 쏠렸다. 그리고 그쪽에서 세 명의 인영이 걸어 들어오는 게 눈에 띄었다.

전신을 복면으로 가린 괴인 둘에, 동방의 삿갓을 쓰고 호리병을 들고 있는 괴인이 하나 있었다. 전부 정체를 알 수 없는 낯짝을 하고 있어서 다들 괴인이라고밖에 부를 수가 없었다.

그들 셋은 프론스티의 마력이 두렵지도 않은지 성큼성큼 걸어 들어왔다. 괴인 중 하나가 옆에 있던 자에게 말했다.

"No. 25. 너는 나랑 같이 저 구미호를 상대하자."

"네, 사부."

'역시.'

보고만 있을 생각은 아니었던 것이다.

제일 키가 작은 괴인은 내 친구 서드였다! 서드는 구원군을 데리고 나를 도와주러 온 것이다. 그러자 좀 더 키가 큰 괴인은 곤란해하며 서드의 머리를 쥐어박았다. 하지만 화난 기색은 아니었다.

"사부 아니다. 너는 밀정이야."

"동방에선 밀정이라고 하지만 서방에선 스파이라고 합니다, 사부."

"그러니까 그 말 하지 말라고. 이게 어디서 꼬박꼬박 말대꾸야? 참 누가 가르쳤는지 원…."

"사부가 가르쳤지요."

"…그래 내가 죽일 놈이다."

저벅.

그렇게 꿍얼거린 괴인이 서드와 함께 카라얀에게 다가갔다. 카라얀은 그들이 난입하자 불쾌한 표정을 지었다. 방해가 늘어 가는 게 달갑지 않게 여겨진 것이다.

프론스티가 허공에서 광소를 터뜨리며 외쳤다.

"크하하하하!! 이제 와서 떨거지 몇이 와서 어쩌겠다고? 이제 사자의 의식이 끝날 때가 다 됐어!"

"그렇군. 허나 아직은 괜찮지 않겠소."

잘 보니 프론스티의 말에 대꾸하는 늙수그레한 목소리의 주인공은, 처음에 쉐레드 왕자의 특공대가 출발할 때 보았던 자였다.

'서드처럼 나중에 출발한다고 했었지.'

나는 기억을 떠올리곤 새삼스러운 눈으로 늙은 괴인을 바라보았다. 즉 저 늙은이도 쉐레드 왕자가 선발한 대원이라는 것이다. 아니나 다를까 그가 나를 바라보더니 외쳤다.

"대장! 늦게 와서 미안하구려. 이제라도 밥값을 하면 이 늙은이를 용서해 주겠소?"

나는 씨익 웃으며 외쳤다. 정체가 어찌 되었든 간에 저 사람들은 내 아군이다. 도움은 고맙게 받아들이면 되는 것이다.

"물론요! 저한테 길만 열어 주시면 됩니다."

"허허. 노력하겠네."

그렇게 너털웃음을 터뜨린 늙은 괴인이 부유 마법을 쓰더니 서서히 프론스티에게 다가갔다. 프론스티는 대놓고 불쾌한 표정을 짓더니 다짜고짜 손목을 한 번 흔들었다.

꽈앙!

순식간에 늙은 괴인이 서 있던 자리에 폭발하더니 폐허처럼 흙먼지가 흩날렸다. 단순히 마력을 집중하는 것만으로 저런 위력을 내다니, 역시 9클래스의 대마도사인 것이다.

하지만 늙은 괴인의 목소리는 재차 허공에서 들려오고 있었다. 그는 명백히 프론스티를 도발하고 있었다.

"확실히 마력에 있어서는 9클래스에 진입했군. 허나 그대는 아직 궁극 마도사의 전투를 잘 모르는구려? 페드라크도 귀찮은 일이 싫어서 그대를 치켜세워 준 모양이오."

"뭐라고."

프론스티는 허공의 한 지점을 노려보았다. 그곳에는

투명화로 떠 있는 늙은 괴인이 있었다. 바로 위치를 찾아낸 걸 보면 아마 세 번째 눈은 마법을 간파하는 능력도 갖고 있는 것 같았다. 늙은 괴인은 이내 너털웃음을 터뜨리더니 말했다.

"그대 아버지는 역사상 가장 위대한 마도사 중 하나였는데 제대로 전수받지 못했군. 지금부터라도 내가 길을 열어 드리리다."

티마이오스 3세가 언급되자 프론스티가 아연한 표정을 지었다. 자신의 마력을 보고 느끼고도 상대가 태연한 게 이해되지 않은 것이다. 그 감정은 곧 분노로 바뀌었다.

"크흐흐, 어설픈 재주로 죽고 싶어서 환장했구나!"

프론스티는 진짜로 분노했는지 목울대를 울리며 웃었다. 지금까지와는 달리 프론스티의 전신에서 눈에 보일 정도로 강대한 마력이 나무줄기처럼 뻗쳐 나오기 시작했다. 마치 손을 뻗으면 잡힐 것처럼 농밀한 마력이었다.

쿠구구구.

늙은 괴인이 홋 하고 웃더니 두 손을 합쳐서 알 수 없는 수인(手印)을 만들었다. 그러더니 내게 말했다.

"먼저 가시게. 이쪽은 우리가 알아서 하겠네."

"……."

나는 힐끔 서드 쪽을 보았다.

'저쪽은?'

그쪽에서도 카라얀과 두 명의 사제가 대치하고 있었다. 카라얀이 손가락 끝에서 진홍색 불꽃을 불러내자, 서드의 사부가 깜짝 놀라며 말했다.

"화염술사잖아!"

"사부, 무섭습니까."

"아니! 이 천하의 절세무적 육대고수 환룡(幻龍)이 뭐가 두렵겠어! 나는 그저께 맞춘 이 멋진 밀정 옷이 탈까봐 불꽃이 꺼려지는 것뿐이란다."

"사부… 그거야말로 말하면 안 되죠."

환룡의 자폭에 서드가 어이없어했다. 그러자 환룡은 다급하게 자기 입을 막았다.

"아차."

"늦었습다. 저 구미호 다 들었어요. 귀가 쫑긋하잖아요? 집에 가면 동네방네 떠들고 다닐 거라고요."

"아냐. 착하게 생겼으니까 조용히 자기만의 추억으로 간직하고 다니지 않을까?"

환룡이 꿈꾸는 눈으로 허공을 바라보았다.

"난 그렇게 믿어."

"저 뿔난 얼굴 보세요. 영 글러 먹었습다."

"아, 그렇군…."

환룡은 실망한 표정을 지었다. 그러더니 서드와 동시에 자신의 얇은 검을 꺼내 들었다. 그 자세도 완전히 똑

같았다. 두 사람이 검을 꺼내 들자 기(氣)가 엄청난 기세로 몰려들었다.

콰칭!

곧 두 사제의 검에는 동시에 선명한 소드 오오라가 솟아올랐다. 그 광경에 카라얀이 흠칫 놀랐다.

"소드 오오라! 너희는 뭐냐!"

환룡이 머리를 긁으며 대답했다.

"그냥 동방에서 먹고살기 힘들어서 서방으로 건너온 하릴없는 육대고수…라고 하면 납득하지 않을까 했는데 표정을 보니까 아닌 것 같고 어쨌든 싸워야 할 것 같을 뿐이고."

"사부. 말이 너무 깁니다. 상대가 알아들을 수 없는 표정을 짓잖아요."

서드가 환룡을 책망하자, 환룡은 실망한 듯 말했다.

"그래. 싸우자."

쉬이익.

그 말이 끝나자마자 서드와 환룡의 몸이 거의 동시에 그 자리에서 사라졌다. 사라졌다는 건 보통 사람의 눈에 그렇게 보이는 것이었다. 실제로는 풍왕에 그리 떨어지지 않는 고속으로 움직여서 카라얀에게 짓쳐 들어가고 있었다.

카라얀은 급히 분신을 나눠서 두 사람의 검격을 빠르

게 피해 냈다. 카라얀도 마스터 나이트 급과 싸워 본 경험이 많은지, 서드의 소드 오오라를 그럭저럭 잘 피해 내는 모습이었다.

카라얀의 전신에서 주홍색 불꽃이 솟아올라서 용처럼 똬리를 틀며 공격을 하는 순간, 환룡의 검 끝에서 새하얀 빛이 맺혔다. 그 빛은 조그마한 구슬처럼 뭉치더니 공간을 가르며 불꽃을 양단했다.

스컹!

그 기세는 너무도 빠르고 강력해서 카라얀은 반격할 생각도 하지 못한 채 황급히 몸을 피했다. 머리가 산발이 되어서 놀란 기색이 역력했다.

저 카라얀을 저렇게 몰아붙일 수 있다니 믿기지가 않았다. 환룡이 머리를 긁적거렸다.

"음. 꽤 하는 여우인 거 같아."

서드가 조심스럽게 말했다.

"사부. 검환(劍丸) 같은 거 써도 내공이 남아나시는 겁니까? 검강 열 배의 기가 소모되는데."

"몰라. 알 수가 없어."

"……"

서드는 질렸다는 표정을 지으면서 묵묵히 카라얀과 싸우는 데 집중했다. 심지어 싸우고 있는 카라얀조차 환룡을 파악할 수 없어 하고 있었다.

'충분하겠지.'

쉬익.

나는 마지막으로 늙은 괴인을 일별하며 빠르게 센마가 간 동굴로 뛰어 들어갔다. 지금의 프론스티는 확실히 정면 승부라면 나나 그랑시엘도 이기기 힘들지만— 저 괴인이라면 잘 해낼 것이다.

괴인의 정체는 짐작이 간다. 레벨업 능력으로도 그의 정체를 확인했다.

쉐레드 왕자의 수하. 거기에 이미 궁극 마도사의 전투에 익숙해져 있는 대마도사. 쉐레드 왕자의 명령에 거리낌 없이 움직일 수 있는 인물은 단 한 명밖에 없었다.

타다다닷.

나는 동굴처럼 좁고 구불구불한 통로를 따라 들어가면서, 뒤쪽에서 한순간 진동과 폭음이 울렸다. 그리고 잠시 후 프론스티가 안에서도 들릴 정도로 큰 비명을 내질렀다.

"너, 너는 설마아아!! 그럴 리가!"

늙은 괴인이 맑게 웃었다.

"허허! 집중하시게."

콰과광!

마법이 요란하게 부딪히는 폭음 소리가 다시 한 번 울렸다. 나는 슬쩍 뒤를 돌아보고는 안의 상황을 살펴보았다. 좁은 통로지만 조금만 더 가면 센마가 있는 곳이 나올 것 같았다.

"라그나로크(Ragnaroke) 토르온 경. 잘 부탁합니다."

폴커 왕국 최고의 마법사!

현 시대 최고의 대마도사이자, 현존하는 9클래스 마스터 중에서 가장 강력하다고 알려진 자. 토르온 경은 쉐레드 왕자가 어렸을 때부터 그를 보필하며 왕세자 자리까지 올려놓았다.

어찌 보면 이렇게 중요한 임무에 토르온 경이 투입되는 것은 필연이었던 것이다. 토르온 경이라면 서드 아이를 사용하는 프론스티가 상대라고 할지라도 이길 수 있을 것이다.

'도우미들이 장난 아닌데!'

나는 뛰어가면서 왠지 유쾌해지는 것을 느꼈다. 처음에 대원들을 봤을 때는 수준이 낮아서 걱정부터 들었는데, 진짜 실력자들은 어둠에서 움직이고 있었던 것이다.

이 전쟁은 이길 수 있다는 예감이 들었다. 제국의 볼트 대장군도 역전의 영웅이지만, 쉐레드 왕자도 그에 뒤지지 않는다. 그리고 전쟁의 행방이 내 손에 달려 있다.

치리링.

수정동굴이 눈에 들어왔다. 뜬금없이 석조 건물에서

수정동굴이 나오는 것은 자연적으로 불가능하다. 나는 천정에 맺힌 수정 고드름을 바라보았다.

"마법으로 차원을 왜곡시켰군."

7클래스 이상의 마도사는 오랜 준비를 하고 마력을 투자하면 차원을 왜곡시킬 수 있다. 왜곡의 정도는 크지 않지만, 성공하면 마법에 필요한 재료를 손쉽게 얻을 수가 있었다.

눈앞의 광경은 그런 상식을 무시하고 있었다. 보통 크기가 직경 5미터를 넘지 않는데, 내 눈앞에 펼쳐진 왜곡공간은 마치 거대한 뱀의 아가리처럼 컸다. 이걸 만드는 데 어느 정도의 마력이 투자되었는지 감도 잡히지 않았다.

레비가 말했다.

[주인님. 전방 159미터 앞에서 차원왜곡 반응이 느껴집니다. 마력 레벨은 89로 추정. 옵티머스 플라스크의 복합 주문이 시전되고 있습니다.]

옵티머스 플라스크는 차원을 왜곡시키는 거의 유일무이한 주문이다. 여기까지 와서 쓸 수 있는 대마법이라곤 뻔했다.

"그러니까, 센마가 있다는 말이지."

나는 손에 얇은 장갑을 꽉 끼면서 중얼거렸다.

센마의 속셈은 짐작이 간다. 북방신 알기로스를 가둘

정도의 봉인이라면 엄청난 위력이다. 그래서 자신의 생명을 걸고 마력을 쏟아 부어서 차원을 왜곡시킨 후, 결계에 생겨난 틈으로 알기로스를 불러내려는 속셈이다.

성공 가능성은 낮지만, 만일 성공해 버리면 손쓸 방법이 없다. 나는 이게 마지막 대결이라고 생각하며 전방으로 뛰어갔다.

<u>고오오오</u>

허공이 섬열로 불타고 있었다. 가시나무처럼 가지를 뻗치는 것은 번개의 강물이었다. 표현이 이상하지만 달리 말할 방법이 없을 정도로 희귀한 광경이다.

대기는 섬뜩한 마력으로 긴장되어 있었다. 마력이 왜곡되고 불안정해서 금세라도 터질 것 같다. 이런 곳에서 마법을 썼다가는 폭사(暴死)해 버리고 말 것이다.

"센마."

제5장

알기로스 부활하다

나는 제단 위에 무릎을 꿇고 앉아 있는 센마의 모습을 서글픈 눈으로 바라보았다. 센마의 안색은 백지장처럼 하얘서 생기가 없었다. 아마 한계의 한계까지 마력을 쥐어짜이고 있는 것이다.

"후."

 센마는 말없이 나를 바라보더니 침울하게 웃었다. 나는 센마의 마음을 읽을 수 없지만, 지금은 느낄 수가 있다. 벌써 그녀는 여기에 올 때부터 죽음을 각오한 것이다.

'그런 게 어딨어….'

 나는 이누타브 블레이드를 꽉 거머쥔 채 눈을 감았다. 이 자리에서 센마가 얻을 수 있는 행복은 아무것도 없다.

 성공하면 신의 정신이 센마에게 깃들게 되어, 원래의

인격이 사라져 버릴 것이다. 실패하면 마나가 폭주해서 뇌가 손상을 입을 테고, 필연적으로 바보가 되어 버릴 것이다.

그래, 성공하든 실패하든 [인간] 센마는 사라져 버리게 된다.

트위스티드의 간부란 놈들은 하나같이 개자식들이다. 특히 아까 카라얀을 좋게 생각했던 게 부끄러울 지경이다. 결국 빨리 죽으라고 사지에 내몰고 있었을 뿐이다.

오로지 그들 자신의 목적을 위해서.

하지만 센마가 스스로 동의하지 않으면 이런 일은 성립하지 않는다. 어째서 그녀가 이런 자살 같은 짓을 결심했는지 알 수가 없었다. 나는 설명을 바라는 눈으로 센마를 바라보았지만 센마는 끝내 대답하지 않았다.

"날 죽이러 왔지?"

"……"

난 대답할 수 없었다. 그 질문이 내게 하는 게 아니었기 때문이다. 저 말은 [나를 죽여 줘]라는 뜻이다. 그런 건 바보가 아닌 이상 알고 있다. 나는 혼란을 참지 못하고 말했다.

"넌 정말 이걸로 만족하는 거냐?"

"만족이나 행복 같은 건 나한테 의미가 없어."

천년만년 강하기만 할 것 같던 센마의 두 눈에서 구슬

같은 눈물이 흘러내렸다. 셴마는 잠시 자신의 눈물을 닦았다.

"…난 10년 전에 죽은 거야. 내 행복은 그때 사라져 버린 거니까, 없는 걸 찾아 봤자지. 죽은 사람이 또 죽을 뿐이니까 이상할 것도 없네."

울먹임을 참으면서 말하지 마라. 보기 흉하다.

"죽은 네 일족이 그걸 원하진 않을 거다."

"그게 두려워."

"뭐가."

셴마가 잠시 몸을 떨었다. 눈 밑이 파리하게 떨렸다.

"죽은 다음에 아무것도 없다면 차라리 모든 걸 잊어버릴 수 있겠지. 하지만 이 세상에는 영혼이 있고, 명부가 있고, 심지어 윤회까지 하고 있잖아. 난 다시 내 일족을 만날까 봐 매일 밤 두려워했어. 지난 10년간 편하게 잠든 적은 한 번도 없었고, 모든 꿈이 악몽이었다. 꿈속에서 그들은 원수를 갚아 달라고 하지. 지금 내가 두려운 건 살아서 그 꿈을 꾸는 거, 그거뿐이니까."

10년 동안 하루도 빠지지 않은 악몽. 나와는 달리 셴마는 그런 지옥을 겪으며 유소년기를 보냈단 말인가.

"……"

인생이 얼마나 고통스러웠는지 상상이 가지 않는다. 내 말문이 막힌 사이에 셴마가 환하게 웃었다.

"응. 지금 나는 행복해. 이제 괴롭지 않을 테니까."

안 되겠다. …이 녀석은 정말로 안 되겠다.

설마 이 정도로 비뚤어졌을 줄은 생각도 하지 못했다. 이대로라면 센마는 자신이 뭘 잘못한 건지도 모르고 억울하게 죽을 것이다.

잘못된 건 고쳐야 된다. 자신이 고칠 수 없다면 남이 도와줄 것이다. 서로가 돕다 보면 완전해질 것이다. 그게 바로 에서론 자작님께 내가 배운 삶의 자세였다.

나는 힐끔 수정동굴을 둘러보며 말했다.

"그러면 나는 당장 주문을 연사해서 이 동굴을 파괴해야겠군. 마력이 넘치는데다 불안정하기까지, 마력 폭발이 일어나면 이 석조 신전 따위는 사라져 버리겠지."

예상되는 폭발은 반경 2km 내의 모든 생물이 사라질 정도다. 아마 화산 분화구 같은 크레이터가 만들어질 것이다. 땅에선 용암이 치솟아오를 정도가 되리라. 이곳의 마력이면 불가능한 일도 아니다.

"넌 그렇게 못 해."

센마가 반박했지만 나는 희미하게 웃었다.

"그렇게 생각하나?"

"……."

"비밀 하나를 가르쳐 주지. 나는 내가 삶을 포기하지 않는 한, 절대 죽지 않아. 이곳이 폭발하더라도, 내 몸이 걸레 조각이 되어도, 나만은 살아남을 것이다."

"뭐!!"

센마가 깜짝 놀랐다.

이건 농담도 허세도 아니다. 진짜로 내겐 그런 능력이 있으니까. 다만 그렇게 하면 토르온 경이나 서드도 죽을 테니 그렇게 할 순 없다. 센마는 불신의 눈초리로 쳐다보다가 입술을 꽉 깨물었다.

"허세 부리지 마."

나는 센마의 말을 고의로 찍어 눌렀다.

"센마. 너에게 기회를 주지. 키스라비를 제대로 장비하고 나와 싸워. 네가 이기면 하던 일을 계속 하면 되고, 난 방해하지 않을 거다. 하지만 내가 이기면 너는 트위스티드를 탈퇴하고, 이 일을 포기해!"

센마는 탐색하는 눈으로 나를 훑어보았다. 그녀는 영리하기 때문에 내 말의 허실을 간파할지도 모른다. 지금으로서는 내 제안을 받아들이기를 바랄 수밖에 없다.

스윽.

한참 후 센마가 무릎을 꿇은 자세에서 하반신을 서서히 일으켰다. 동시에 북방신기 키스라비가 눈 깜짝할 사이에 은빛과 함께 착용되었다.

키스라비를 다루는 센마의 모습은 동방인으로도, 서방인으로도 보기 힘들 정도로 이질적이었다. 센마는 얼굴의

투구 가리개 사이로 눈을 번뜩였다.

"난 너를 좋아하지만, 죽음을 자초하는데 거절할 정도로 호인(好人)은 아냐!!"

쉬캉!

내 머리 위를 베는 은빛 선이 섬뜩했다. 역시나 풍왕을 초월하는 속도가 가슴을 졸이게 했다. 내가 빠르게 센마의 샴시르를 상단으로 걷어 내는 순간 왼손의 샴시르가 재차 어깨를 찍어 눌렀다.

"큭!"

나는 재빨리 샴시르의 날을 손으로 잡으며 센마의 무기를 봉쇄하려 했다. 손이 검기에 베이겠지만, 손 하나를 주고 무기를 하나 뺏으면 내가 이득이다.

손가락은 마치 칼로 두부 자르듯 잘려 나갔다.

센마의 검기가 내 손가락 두 개를 베고 손목까지 감아 치려고 할 때 남은 손가락이 날을 잡았다. 그리고 쨍강 하는 소리와 함께 샴시르의 날이 산산조각 났다.

"아!!"

센마가 순간 충격 받은 표정을 지었다. 샴시르가 부러지는 일은 지금껏 없었던 모양이다. 나는 그 짧은 순간에 센마에게 틈이 생겼다는 걸 알아챘다.

그리고 그 빈틈으로 다른 손을 밀어 넣어서 멱살을 잡아챘다. 센마는 당황하면서 발차기를 내 옆구리에 내다꽂

앉지만, 이 정도 공격으로는 내 HP를 많이 줄일 수 없다.

와르륵.

내가 전신에 힘을 싣고 앞으로 밀려 나가자 센마의 몸이 땅에 깔렸다. 북방신기 키스라비는 속도를 엄청나게 높여 주지만, 힘까지 높여 주진 않기 때문이다.

어디까지나 나라서 쓸 수 있는 방법. 키스라비에 대응할 수 있는 최소한의 동체 시력과 검술이 있고, 센마와 몇 번이나 싸워서 움직임에 익숙하고, 또 한쪽 손을 버릴 각오가 되어 있어서 가능했던 것이다.

백에 한 번 성공할까 말까 한 기습.

만일 어느 하나라도 따라 주지 않았다면 나는 계속해서 공간참에 농락당하다가 눈 없는 칼에 맞아 죽었을 것이다. 나는 마운트 포지션을 잡자마자 센마의 양팔을 찍어 눌렀다. 센마의 얼굴이 고통으로 물들었다.

"…으윽."

최대한 살살 잡고 있지만, 기로 육체를 강화한 센마의 팔뚝이 터질 것을 걱정해야 했다. 나는 센마의 다리까지 완벽히 제압한 후 말했다.

"여기서 무영창으로 마법을 쓰는 건 자살행위지. 무영창 주문 때문에 이 자세를 성공시키더라도 오래 유지시킬 수가 없는데, 알아서 무덤을 파 주니 고마운걸."

게다가 장소까지 나를 도와줬다.

"……."

센마는 대답하지 않고 날카롭게 나를 노려보았다. 그 눈빛에는 일말의 애증이 남아 있었다. 나는 센마가 더 이상 괴로워하는 걸 보고 싶지 않아서 차분하게 그녀를 설득했다.

"네가 북방신 알기로스의 육체가 되는 건 솔직히 내가 걱정할 일은 아니야. 반신이 되든 뭐가 되든 난 쓰러뜨릴 자신이 있어."

센마의 말투에 독기가 깃들었다.

"하아! 천하무적 납셨군. 그러면 날 그냥 놔둬!"

"안 돼! 너 때문에 안 돼."

"뭐라고."

센마의 얼굴이 한순간 당혹으로 물들었다. 나는 그 자세 그대로 얼굴을 더욱 가까이 하면서 눈동자를 뚫어져라 바라보았다. 영롱한 눈동자의 빛이 아름다웠다.

"살아! 네 왕국을 되찾는 일이건, 악몽을 없애는 일이건 내가 다 도와줄 테니까, 살아남으라고! 이런 식으로 도망쳐 버리면 아무것도 결론이 나질 않아!"

"나는…."

나는 센마의 말을 끊었다.

"니 잘난 불행 이야기는 그만해!"

"뭐?"

"나는 솔직히 지난 20년, 평범하게 살아서 네 이야기를 이해 못 한다. 하지만 지난 3개월은 불행하다고 해도 좋을 만큼, 짜증나고 힘들었으니까!!"

그렇다. 나도 이미 죽을 고비를 몇 번이나 넘겼는지 모른다. 모험하면서 짜증나고 두려워서 포기할까 생각했던 적이 한두 번이 아니다. 오죽했으면 한 번은 집에 계신 부모님을 생각하면서 잠결에 눈물까지 흘렸다.

"그런데 죽지 못해 사니까 살아지더라! 살면 살아지더라! 하면 되는 건데, 왜 못 해?"

"……."

그녀가 순간 어이없는 표정을 지었다.

"억울하지도 않아?! 네 인생이, 너도 모르는 사이에 누군가에게 휘둘리고 억눌리고 있다는 사실이 분하지도 않냐!!"

센마의 얼굴이 사납게 일그러졌다. 그건 내가 이 신전에 들어온 후 봤던 처연한 웃음과는 달리 추한 몰골이었다. 하지만 어느 때보다도 솔직하게 센마의 감정을 표현하고 있었다.

"분해! 분하지만 어쩔 수 없…"

"이렇게 죽어 버리면 넌 끝내 지고 마는 거다! 죽어서 일족들이 잘도 반겨 주겠다. 이런 식으로 네가 할 일은

다 했답시고 도망치면 얼마나 추한지 알기나 하냐!!"

"…닥쳐, 이 새끼야!!!"

결국 센마가 분노를 참지 못하고 소리를 빽 하고 질렀다. 그 목소리는 한순간 내 고막이 멍해질 정도로 컸다. 센마는 홍조 깃든 얼굴을 씩씩거리다가, 자신의 변화를 깨달았는지 표정이 창백해졌다.

"아."

"그것 봐. 넌 아직 자존심도 수치도 알고 있는 보통 인간이다. 이대로라면 넌 개죽음일 뿐이야."

"……."

센마는 입술을 잘근거리며 씹었다. 입술에서 피가 새어 나왔지만 아랑곳하지 않다가, 한참 후에 겨우 흐릿하게 말했다.

"죽기 싫어. 죽기 싫지만…."

"……."

"내가 알기로스를 부활시키는 데 성공하면, 칼둔 왕국은 셈 민족을 탄압하는 일을 멈춘다고 약속했다. 내가 셈의 공주로서 할 수 있는 일은 이제 이것밖에 남지 않았어."

그랬던 거구나. 연이은 임무 실패까지 겹쳐서, 받아들일 수밖에 없었을 것이다. 그대로는 간부 직위까지 위험했을 테니까. 나는 묵묵히 센마를 바라보다가 말했다.

"그래서 키스라비를 받아서 사자가 된 거군. 하지만 그런 일이라면 네가 아니라 다른 누가 해도 마찬가지 아닌가?"

센마가 자기 발밑의 수정 제단을 가리켰다.

"이 제단은 10클래스의 주문으로 만들어진 대결계. 이곳에서 마력을 통제하면서 룬의 힘으로 알기로스의 영혼을 소환할 수 있어야 해. 최소 7클래스 마스터의 힘이 필요한 데다, 키스라비는 뛰어난 전사만이 장비할 수 있는 신기."

10클래스! 이론상으로만 알려진 초마법의 경지다. 오직 고룡(Ancient Dragon)과 그들의 아버지인 천룡 벨페골만이 사용했다는 드래곤의 마법이다. 인간 중에는 트위스티드의 수장만이 사용할 수 있었다.

"조건에 들어맞는 마검사는 너밖에 없었던 거군."

나는 대꾸하면서도 일이 참 기막히게 되었다고 생각했다. 그 말대로라면, 트위스티드의 다른 놈들은 처음부터 센마를 희생양으로 쓰려고 10인 중에 받아들였을 가능성이 크다. 솔직히 말해서 나머지 멤버에 비하면 센마의 실력이 현저하게 딸렸기 때문이다.

'개자식들.'

트위스티드만큼은 가만두지 않겠다. 자기 목적을 위해 태연히 남을 희생시키는 인간이야말로 진정한 쓰레기다.

그리고 난 그런 쓰레기는 살아오면서 가만 놔둔 역사가 없다.

갑자기 은빛이 흐르더니 센마의 몸을 감싸고 있던 키스라비가 저절로 해제되었다. 해제된 키스라비는 다시 강철괴인, 아크의 모습이 되어서 미동도 하지 않았다.

'저 상태에선 영혼이 없는 건가?'

풀썩.

센마는 체력이 다 떨어져 버렸는지 비틀거리며 그 자리에 쓰러졌다. 내가 깜짝 놀라서 센마를 부축하자, 센마는 숨을 몰아쉬었다.

"하아… 하아… 원래 볼트 대장군쯤 되는 고수가 착용해야 진정한 위력을 보일 수 있는 신기야. 내 실력으론 5분 이상 다룰 수 없었어…."

"……."

터무니없는 신기다. 그래서 카라얀이 전투를 시키지 않고 빨리 내보낸 건가.

나는 어이없는 눈으로 키스라비를 바라보았다. 센마의 실력은 이미 소드 오오라의 초급에 이르러 있었다. 그런데도 5분 만에 기(氣)의 소모로 쓰러질 정도면, 대체 얼마나 기를 먹어 치우는지 짐작이 가지 않았다.

센마가 말했다.

"너무 늦었어. 너라도 당장 동료들을 데리고 이 신전

에서 도망쳐…."

"뭐?"

내가 반문하자 센마는 피로에 젖은 표정으로 말했다.

"누가 해 뒀는지, 차원만 왜곡시키면 이 봉인은 간단히 깨지게 되어 있어. 내가 하고 있던 것은 알기로스가 빙의하기 쉽도록 내 몸을 조정하는 과정."

"그 말은…."

나는 센마의 말에 깜짝 놀랐다. 그러고 보니 10클래스나 되는 마력으로 이루어진 대결계라면, 해제 과정에 나와 싸우거나 잡담할 수 있을 리가 없다. 그걸 이상하게 생각하지 못한 것이다.

센마가 서글프게 말했다.

"그래. 북방신 알기로스는 이미 부활해서 이 자리에 있어… 단지 지금은 육체를 찾고 있을 뿐이야."

쿠구구구.

"육체를 찾고 있다고…."

나는 센마의 말에 그녀를 부축하며 주변을 둘러보았다. 하지만 내 레벨업의 눈에도 아무것도 보이지 않았다. 심지어 느껴지지조차 않았다.

나는 혹시나 하는 마음에 레비에게 물었다.

'레비. 주변에 알기로스가 있어?'

[모릅니다.]

'야. 무책임하잖아.'

내가 다그치자 레비가 무뚝뚝하게 말했다.

[사대신의 영혼을 감지하기 위해서는 사용자에게 신(Diety) 레벨이 1 이상 있어야 합니다. 신성이 없는 필멸자는 죽었다 깨어나도 육체 없는 신을 알아챌 수 없습니다.]

"……"

이거 큰일났구만.

정체도 모르는 녀석이 기습을 하면 당해 낼 수가 없다. 거기에다가 내겐 신의 영혼을 벨 정도로 편리한 재주도 없는 것이다. 이렇게 불리한 상황에 빠진 게 처음은 아니지만, 그저 막막하기만 했다.

내가 이누타브 블레이드를 꼬나든 채로 사방을 경계하고 있을 때였다. 기묘하게 긁히는 듯한 목소리가 들려 왔다.

[반갑구나, 이누타브의 사자.]

뭐?

휙 하고 돌아본 곳에는 강철괴인 아크가 서 있었다. 놈은 분명히 북방신기 키스라비일 뿐인데 말을 하다니! 그러고 보니 방금 전까지만 해도 철깡통이었는데 지금은 눈 부위에 기묘한 광채가 감돌고 있다.

"흑…"

그런 아크를 바라보던 센마가 다 틀렸다는 듯 고개를 푹 숙였다. 나는 센마의 반응을 보자마자 이 상황이 어찌 된 건지 알아차려 버렸다.

이런, 제기랄.

"네가… 북방신 알기로스."

내가 떨리는 목소리로 아크에게 한쪽 손을 뻗었다. 아크는 그 자리에 묵묵히 선 채로 미동도 하지 않았다. 믿겨지지 않지만, 북방신 알기로스의 영혼은 지금 자기의 신기인 아크에 빙의해 버린 것이다!

아크, 아니 알기로스가 긁는 듯한 목소리를 흘렸다.

[이번 대의 사자는 특이한 녀석이군. 죽어도 죽음을 선택하지 않으면 살 수 있다고? 불사(不死)를 꿈꾼 인간은 많지만, 그런 식으로 생각한 인간은 역사상 한 명도 없었지.]

역시 아까 센마와의 대화를 처음부터 다 들었군….

알기로스의 말투는 정중하면서도 기품이 느껴졌다. 만일 저런 기계음이 아니라 인간의 성조였다면 위엄을 느꼈을 것이다. 지금은 단지 괴기스러움만 느껴질 뿐이지만 말이다.

[너는 설마 이 세계의 비밀을 깨달은 것이냐?]

세계의 비밀?

"무슨 말이지."

나도 모르게 입을 열어서 말해 버렸다. 내 눈앞에 있는 것은 세상에서 가장 막강한 사대신의 화신이다. 고룡도 잘못하면 살해당할 판에, 이런 말을 하다니 제정신이 아니다.

 알기로스는 모르면 됐다는 식으로 곧 내게서 시선을 돌려 버렸다.

 쿠웅.

 내가 얼어 있을 때 알기로스의 육중한 동체가 서서히 움직였다. 알기로스는 제단 위에 있는 옥좌에 천천히 몸을 누였다. 수정으로 만들어진 옥좌는 부드럽게 알기로스의 몸을 받쳤다.

 알기로스는 턱을 괴고 나를 바라보았다.

 [아무래도 상관없는 일이다. 내가 다시 깨어난 이상, 이제 탈마히라가 날뛸 수는 없다. 봉인에서 조금 일찍 풀려났다고 기고만장해하는 것도 이제 끝이다.]

 남방신 탈마히라는 진작에 봉인에서 풀려났던 모양이다. 하긴 그러니까 시스테마인을 사자로 지정하거나 신기도 맘대로 수여할 수 있었겠지. 그리고 북방신을 받드는 트위스티드에서는 남방신의 세력에 기가 죽어 지낼 수밖에 없었을 것이다.

 남북의 사대신이 모두 깨어났다!

 그건 이 세상에 누구도 항거할 수 없는 절대적인 힘이

태어났다는 뜻이었다. 이제 9클래스 마스터도, 검의 신선도 신 앞에 무릎을 꿇어야 하는 시대가 찾아온 것이다.

나는 긴장 때문에 침을 꿀꺽 삼켰다.

"센마를… 살려 줘."

[인간. 너는 신을 좀 더 존중하며 대하려 하지 않는구나. 너는 내 존재와, 내 힘이 두렵지 않은 것이냐.]

반응은 생각보다 인간적이었다. 북방신 알기로스는 흥미롭다는 듯 한층 고개를 비스듬히 숙였다. 지금까지 내가 마주쳤던 고수들과는 달리 대단한 기세나 마력 같은 건 느껴지지도 않았다.

그런데 왜일까.

이 자리에서 함부로 행동하다가는 뼈도 못 추릴 것 같다는 직감이 나를 붙들고 있었다. 나는 긴장을 억누르면서 말했다.

"그러니까… 그렇게 대단한 신이면, 사람의 목숨 하나 살려 주는 건 그렇게 어렵지 않을 테니까 부탁하는 거잖냐."

[…호오.]

알기로스가 짐짓 감탄성을 내었다.

[내 신력(Diety Power)을 느끼고도 제대로 입을 열고, 생각하고, 행동할 수 있는 것인가! 동방신 이누타브가 빙의하지도 않았는데? 넌 정말 특별한 인간이구나.]

…그렇다.

아까부터 느껴지는 이 불쾌한 감각.

나는 태어날 때부터 눈앞의 존재 앞에 무릎을 꿇기 위해 태어났다는 암시가 느껴졌다. 그리고 이유 없이 알기로스에게 존경심이 들고, 신과 싸우는 게 바보 같은 짓이라고 생각한다.

진심으로.

하지만 내가 그 모든 걸 무시하고 당당히 얘기할 수 있는 건… 왜 그런지 모르겠다. 본능 차원에서 몸이 명령하고 있는데도 나는 그 신력을 거부하고 있었다.

나는 손이 떨리는 걸 참으면서 질문했다.

"어째서 센마에게 빙의하지 않았지?"

대답은 허무할 정도로 빨리 들렸다. 마치 그럴 줄 알았다는 듯이 태연했다.

[뼈와 살이 있는 육체는 100년도 못 가서 삭아 버리니까! 내 권능을 쓰면 영원히 유지시킬 수 있지만 금방 식상해져 버리니까.]

즉 처음부터 생물체에 빙의할 생각은 없었다는 것이다. 뭔가 이상하다는 생각이 들었지만 북방신 알기로스가 재밌다는 듯 말했다.

[탈마히라는 생물체가 취향인 건지 종족을 개조하면서 놀고 있지만, 나는 내 신기를 육체로 하기로 했다. 키스

라비는 오리하르콘이라서 영원하니, 이 몸의 위엄에 걸맞는다.]

 전설의 금속 오리하르콘으로 되어 있었군, 역시. 이누타브 블레이드뿐만이 아니라 사방신기는 모두 오리하르콘으로 만들어져서, 어떤 물리 공격에도 견뎌 내는 것이다.

 알기로스의 말대로라면 처음부터 센마가 죽을 걱정은 없었던 것이다. 약간 허탈해졌다.

 "그러면 나를… 어떻게 할 거냐?"

 이젠 마구 불안하다. 내가 이누타브의 사자라지만 진짜 사대신 앞에서는 저항할 수가 없다. 계속 전투 의지가 사라지고 있어서, 칼을 잡고 있기도 버겁다.

 이런 상태에서 싸우면 절대 못 이긴다.

 [딱히 아무것도.]

 "……"

 북방신 알기로스는 대수롭지 않은 듯 말했다.

 [너는 발밑에 개미가 있으면 호들갑을 떨면서 발을 쾅쾅 구르고는, 서둘러 밟아 죽이는 성격이느냐? 나한테 개미는 개미고, 인간은 인간일 뿐이다.]

 그렇군.

 개미. 사방신의 눈에는 신의 사자라도 그렇게밖에 보이지 않는 것이다. 아마 인간이든 개미든 신의 눈에는 똑

같은 것으로 보일 것이다.

예상은 하고 있었지만 알기로스는 말이 통하는 상대가 아니다. 필멸자는 대화의 대상으로도 생각하고 있지 않다.

지금의 대화는 알기로스에게 있어서는 혼잣말에 지나지 않는 것이다. 내가 그 사실에 절망을 느낄 때 알기로스가 말했다.

[신 앞에서 말을 할 수 있는 그 담대함에 너를 치하하겠다. 도망갈 자유와 복종할 자유를 주겠노라.]

그냥 놓아주겠다는 말과 다르지 않다. 이미 내 일 같은 건 한순간의 재미거리일 뿐이다. 다음 날이 되면 알기로스는 내 일은 기억도 못할 것이다.

내 머릿속이 배배 꼬였다. 그리고 용기인지 뭔지 모를 감성이 솟아올랐다. 나는 알기로스를 다시 똑바로 노려보면서 말했다.

"당신과 탈마히라는, 누구에게 봉인당했나?"

죽을 때 죽더라도 호기심은 해결해야겠다.

[모른다!]

"……."

[질문은 끝났느냐?]

단순한 대답으로 끝났다. 나는 그제야 알기로스가 나와의 대화를 재밌어 함과 동시에, 건성건성으로 흘려 넘기고 있다는 사실을 알아차렸다. 말 그대로 어린애를 대하는 태도다.

"마지막으로 하나만 더."

[해라.]

하지만 무시만 받고 있기에는 마음이 편치 않다. 나는 이 마지막 질문으로 죽든 살든 알기로스의 마음을 떠 보기로 했다.

나는 조심스럽게 머릿속에서 생각을 정리했다. 내가 만일 북방신이라면 이 상황에서 생각할 수 없는 것은? 어떤 질문에 당황하게 될까?

"오레이칼코스에게…."

[…….]

아, 내가 생각해도 황당한 질문이네.

"미안하지도 않나?"

내 마지막 질문이 끝나자 장내가 침묵으로 감돌았다. 센마는 내 질문이 뭔지 이해를 못해서 눈만 깜박였다. 그리고 사대신, 북방의 알기로스는 턱을 괸 자세로 미동도 하지 않았다.

파스스.

그 순간 나는 알기로스의 희뿌연 안광이 짙은 감색으로 변하는 것을 보았다. 알기로스는 한참 후에 강철이 부딪히는 소리와 함께 몸을 일으켰다. 강철거인이 일어서자 키가 나보다 1미터는 더 컸다.

알기로스가 나를 내려다보며 말했다.

[너는 누구냐?]

두렵다. 당장이라도 저 거대한 손이 내 머리를 내리쳐서 박살 낼 것 같다. 나는 엄습하는 공포감을 애써 추슬렀다.

"나는 동방신 이누타브가 단서를 남겨 둔 세계로 갔었지. 거기에서 오레이칼코스를 만났다."

[…….]

알기로스는 내 대답을 독촉하는 것처럼 뚫어져라 나를 바라보았다. 나는 그 압력이 아까보다 덜하다는 사실을 깨달았다.

'확실히 흐트러졌어!'

내 마음을 제압하고 있던 신력이 약해진 것이다. 그건 알기로스의 감정이 다른 곳으로 쏠리면서 지배력이 약해졌기 때문이다.

내 마지막 질문은 성공했다. 나는 그 사실을 확신하면서 천천히 입을 열었다.

"혹시나 해서 묻는 건데, 당신은 그 세계에서 살아남은 생존자 중 하나가 아닌가? 아니, 말도 안 되긴 하는데 그냥 한번 물어보는 거야."

어느새 내 입도 술술 풀린다. 지금이라면 검을 들고 싸울 투지도 솟아오른다. 그만큼 북방신 알기로스는 내 질문에 당황하고 있다. 내 말이 정곡을 찔렀기 때문이리라.

"오레이칼코스는 혼자서 용쓰고 있었다고. 살아남은 사람이 하나라도 남아 있다고 알렸다면 그 녀석도 마음이 편했을 텐데."

알기로스는 한참 침묵하다가 말했다.

[너는 누구냐?]

똑같은 반문이다. 하지만 방금 전과는 의미가 다르다.

이미 알기로스의 마음속에서 나란 존재는 개미 따위가 아니다. 자신의 정체성에 위협이 될지도 모르는 거머리나 해충 정도로 격상되어 있을 것이다. 고작 그런 걸로 기쁨을 느껴야 되다니 한심하지만.

[…너는 알고 있는가? 정말 오랜 시간이 지났다.]

묵직하면서도 기묘한 마찰음이 울렸다. 알기로스의 말은 뜬금없이 시작되었다.

[오랜 시간이 지나고 많은 물이 강을 흘렀다. 그때 즐거웠던 것은 기억하지만 무엇 때문인지는 모른다. 말하자면 그 모든 감정이 사라져 간다. 슬픔도, 고통도, 절망도 사라진다. 환희와 동시에 그것들도 퇴색하여 깊이와 값을 잃어버렸다.]

"……"

나는 뜻밖의 반응에 멍해졌다. 알기로스는 이미 자기

자신의 말에 도취되어 있었다. 광폭한 이누타브와는 다른 성격이다.

［그렇다. 영원히 고통도, 괴로움도 낡고 시들어 버린다. 그리고 그것이 무엇이었는지조차도 기억하지 못하게 되겠지. 아무것도 영원하지 않다. 괴로움조차도.］

"…아, 네."

…이 자식, 무슨 말을 씨부렁거리는 거야? 정말 사대신 맞는 건가?!

나는 황당한 눈으로 장황한 연설을 하는 신(神)을 쳐다보았다. 이제 부끄러움을 참지 못하고 날 공격하거나 화를 낼 거라고 생각했는데, 알아듣지도 못하는 소리를 연신 중얼거리는 것이다.

이런 타입은 처음이라 내가 당황할 때 알기로스가 말을 맺었다.

［나는 더 이상 창밖에서 세상을 내다보는 학생이 아니다. 나의 방랑은 돌아가지 않으면 안 되는 산책은 아니다. 이 세계가 지금은 현실이 되었다. 나는 세계의 일부가 되었다.］

나는 그 헛소리에 기가 막혀서 이죽거렸다. 이미 처음에 느꼈던 압박감이나 위대함은 없었다. 지금 내 눈에는 그저 자아도취병 환자로만 보인다.

"무슨 말을 하는지 모르겠는데. 제대로 좀 설명해 주

세요. 자기 하고 싶은 말만 하면 상대한테 전달되지 않잖냐."

[그자와 똑같은 말을 하는군.]

"응?"

그자라니?

내가 반문하려고 할 때, 갑자기 거대한 강철 손이 내 머리 위에 얹어졌다. 나는 아차하며 블링크로 벗어나려고 했지만 마법이 시전되지 않았다. 심지어 몸도 내 말을 듣지 않았다.

'헉!'

금제 마법에 걸린 건 아니다. 심지어 상태 이상 창도 뜨지 않는다. 그저 알기로스가 내 머리에 손을 얹었을 뿐인데, 나는 말 그대로 육체의 자유를 박탈당해 버린 것이다.

그때, 나는 강철 갑옷 사이의 빛에서 웃음기를 읽었다. 그것은 자기 자신에 대한 자신감으로 충만한 비웃음이었다. 어째서 알기로스가 그런 감정을 느끼는지 생각할 틈도 없이 강철 손이 머리를 옥죄었다.

우그그극.

[지금 확실히 말해 두지. 나의 과거에게.]

"무, 무슨 소리를."

내가 간신히 입을 열었을 때 알기로스가 전에 없이 단

호하고 확실하게 외쳤다.

[나의 운명은 이 안에서 휴식하고, 이 하늘은 나의 하늘이며, 오직 하나뿐인 외로움이다!
알겠느냐!
그것이 바로 신이란 것이니라!]

콰지지직!
말이 끝나자마자 내 머리 끝부터 발끝까지 세포가 타들어 가는 느낌과 함께 눈앞이 새까맣게 흐려졌다. 내 몸은 이미 웬만한 뇌전 주문으로는 꿈쩍도 하지 않는데, 이 공격을 맞는 순간 전신에 힘이 빠져나갔다.
'크윽… 이 새끼….'
나는 그제야 눈치챘다. 알기로스가 되뇌고 있을 때, 처음부터 그는 나 같은 건 안중에 없었다.
아마 나는 그의 수치스러운 기억을 자극해 버렸고, 그는 부끄러운 기억을 극복하기 위해서 나를 없애기로 한 것이다. 그리고 정신무장을 새롭게 하기 위해서 스스로 다짐하는 과정이었던 것이다.
기가 막히다. 이른바 신이란 게 이렇게 유치하다니!
분노가 치솟아오르면서 점차 내 몸에 활력이 돌아왔다. 내 전신을 헤집는 힘이 겉돌면서 빠져나가는 게 느껴진다. 나는 손가락 끝을 옴작거리면서 꿈틀거렸다.

풀썩.

내가 마취된 것처럼 앞으로 쓰러져 버리자 알기로스는 무언가 안심한 듯한 말을 했다.

[이누타브, 장난이 심하군. 그 세계에 인간 따위를 보내서 어쩌자는 거지? 네 장난은 결국 너 자신을 욕하는 일밖에 되지 않는다.]

그렇게 탄식하듯 중얼거린 알기로스가 센마에게 손을 뻗으며 말했다.

[나를 깨우느라 수고했다. 같이 나가자꾸나.]

센마는 멍하니 서 있다가 홀린 듯이 그 자리에 무릎을 꿇었다. 아까의 솔직한 모습이 거짓말처럼, 눈앞의 존재에게 절대복종을 맹세하고 있었다.

"알겠사옵니다."

철컹. 철컹.

저벅.

발소리가 점차 멀어지고 있다. 나는 마음이 급해져서 전신에 힘을 주었지만 이 마비는 그리 쉽게 풀리지 않았다. 필사적으로 몸에 감각을 돌아오게 했지만 이제야 팔 한쪽이 움직이고 있다.

'큭.'

그럴 만하다. 방금 전에는 알기로스가 나를 완전히 없

애 버릴 셈으로 권능을 사용한 것이다. 원래 혼이 산산이 부서져서 죽어도 이상하지 않은데, 사지 멀쩡하게 살아 있는 것만으로도 대단한 일이다.

하지만 만족하고 있을 때가 아니다. 지금 북방신 알기로스가 밖으로 나가면, 한창 싸우고 있는 토르온 경과 서드 일행은 저항도 못하고 잡혀 버릴 것이다! 그 자리에서 살해당할 수도 있다.

'내가 나서야 돼!!'

벌써 나는 신의 손에서 한 차례 살아남았다! 내가 따라붙으면 어떻게든 될지도 모른다! 알기로스도 내가 특이하다는 건 인정했으니까!

그때, 레비가 내게 불쑥 말을 걸었다.

[신살병기를 찾아가시는 게 어때요?]

…잘됐다! 물어볼 게 태산같이 많았는데. 레비의 말은 내 귀에 들어오지 않았다.

'레비? 방금 전에 내가 당한 공격이 뭐야.'

나는 레비의 말을 접어 둔 채 급한 것부터 물었다. 레비는 내 앞에 홀로그램처럼 모습을 드러내며 빠르게 대답했다.

[창으로 뜨지 않았는데, 사방신의 공격은 시스템체크로 알 수 없기 때문입니다. 그들이 지닌 권능은 모두 레벨업 시스템과 동급입니다.]

레비의 모습은 회색 망토를 두르고 있는 안경 낀 소년이었다. 평소에 내가 생각하던 이미지와 비슷했다. 아마 레비도 내 눈에만 보이리라.

'뭐?'

[굳이 방금 전 알기로스의 공격을 설명하자면 캐릭터 딜리트(Character Delete)입니다. 몸체는 그대로 두고 안에 들어가 있는 A. I만 소멸시키는 거죠. 기본적이고 수준 낮은 툴(Tool)입니다.]

아, 그러니까 너만 아는 소리를 당연한 듯이 하지 말라고. 내가 바보가 된 느낌이잖아!

'…니가 뭔 말을 하는지 모르겠다.'

우득.

나는 서서히 팔다리를 자유롭게 움직일 수 있게 되었다. 하지만 벌써 1분 이상 지나 있었다. 지금부터 움직인다고 해도 상황이 어떻게 되어 있을지 모르는 일이다.

"가야 해!!"

내가 부르짖으며 자리에서 일어나는 순간 몸이 삐거덕거리며 휘청거렸다. 아무래도 그 공격이 생각보다 데미지가 컸던 모양이다. 그런 주제에 내 HP나 MP, 심지어는 스탯도 멀쩡했다.

[지금 가면 확실히 죽습니다. 방금 전에는 제가 임의로 경험치 283,192,888을 소모해서 캐릭터 딜

리트를 방어했습니다. 계속 막다 보면 북방신 알기로스가 점차 막기 힘든 공격을 하게 되고, 주인님은 신에게 데미지를 줄 방법이 없으니 죽게 되겠지요.]

'네가 막아 준 거냐?'

아직 입에서 소리가 나오지 않는다. 나는 신기한 눈으로 레비를 바라보았지만 레비는 전에 없이 무표정하게 말했다.

[사방신을 쓰러뜨리기 위해서는 룰 더 레벨(Rule the Level)을 잘 구사하셔야 됩니다. 일단 찾아가기 전에 여기에 있는 신살병기를 가져가지요.]

"신살병기?"

아, 이제 말이 나온다. 나는 두리번거리며 레비가 말한 신살병기를 찾았다. 수정동굴에는 옥좌가 번듯하니 서 있을 뿐, 무기라고 할 만한 게 없었다. 레비가 옥좌를 검지로 가리키더니 말했다.

[거기에 알기로스가 봉인되어 있었습니다. 옥좌가 바로 결계의 축이죠. 이미 부활해 버린 알기로스는 막을 수 없지만, 결계를 다시 발동시키면 알기로스의 힘이 약해질 겁니다.]

나는 빠르게 상황을 이해했다.

"이 옥좌가 신살병기란 뜻이냐."

[그건 아닙니다. 일단 결계를 발동시키면 나타나게

될 것입니다.]

"흠."

나는 신기한 눈으로 옥좌를 바라보곤 그대로 손을 뻗었다. 내 손이 옥좌의 정면에 있는 비취 조각에 닿는 순간 기묘한 울림이 내 전신으로 퍼져 나왔다.

[지금 내겐 너희를 소멸시킬 힘이 없다.]

그렇게 말을 하고 있는 가면의 검사가 있었다. 그의 손에는 놀랍게도 내가 들고 있는 이누타브 블레이드가 들려 있었다. 그가 서 있는 사방은 폐허가 되어 있어서 가공할 싸움이 있었던 걸 알게 해 주었다.

가면의 검사는 옥좌를 한 번 쳐다보더니 탄식했다.

[언젠가 기회가 오겠지. 그때까지는 내가 너희들을 봉인해 두기로 하겠다, 알기로스.]

알기로스는 이미 가면의 검사에게 패배해 버렸다. 우연에 우연이 겹친 결과였다. 검사에게 붙잡혀 있는지 새하얀 신령이 되어 있었다. 알기로스의 신령이 가면의 검사를 비웃었다.

[후후. 순수한 인간으로서 우릴 이길 수 있는 기회는 이번이 마지막이었다. 다음에 내가 깨어났을 때는 이런 우연은 없을 것이다.]

[그렇겠지. 이누타브 블레이드도 내 손에 없을 테니.]

콰악.

가면의 검사는 곧 한쪽 손을 쫙 펴서 알기로스의 신령을 옥좌에 박아 넣었다. 옥좌의 비취에 스며든 알기로스의 신령은 더 이상 반응이 없었다.

가면의 검사는 간절하게 말했다.

[하지만 반드시, 너희 사대신을 쓰러뜨릴 용사는 나타날 것이다. 오직 그런 힘을 지닌 자만이 이 봉인을 열 수 있을 테니까!]

[……]

[미안하지만 알기로스를 봉인해 주시오. 이런 짐을 지워서 미안하오.]

그 말을 끝으로 기억의 흔적이 끝나 버렸다.

나는 10년 전 가면의 검사가 알기로스를 봉인했다는 걸 알았다. 그가 기습이든 우연이든 사대신을 이 옥좌에 봉인한 것이다.

'누구야, 대체?'

믿기지 않는 일이다.

지금의 나조차도 이길 생각을 못하는 사대신을, 혼자 힘으로 봉인하다니! 알기로스도 가면 검사의 정체를 몰라서 내 질문에 그렇게 대답한 것이다.

아마 가면 검사가 아니었다면 지난 10년간 세상은 신

들의 전쟁 때문에 혼란스럽게 변했을 것이다.

파아앗.

이내 비취가 요란하게 깨졌다. 그러자 사방에서 불규칙하게 떠돌던 마력이 질서정연하게 변하면서 압박감이 덮쳐 왔다. 마치 내 힘을 억제하는 듯한 마력의 흐름이 벽처럼 옥죄어 온다.

'이게 10클래스의 결계인가?'

지쳤다고 해도 내 힘을 거의 무능력하게 만들 정도다. 결계가 발동하자 공기가 확실히 무거워졌고, 이 신전에 있는 자들은 모두 영향을 받게 될 것이다.

'레비. 이 결계 안에 있으면 모두 이렇게 몸이 무거워지는 건가?'

그렇다면 일행이 걱정이다.

[이 결계는 사대신조차 어찌할 수 없는 용왕의 옥좌(First Throne)입니다. 가치관(Alignment)에 따라 반응합니다. 선한 자는 이 결계에서 힘을 얻고, 악한 자는 죽음에 이르게 됩니다. 그리고 어느 쪽도 아니라면(Neutral) 몸이 무거워지게 됩니다.]

나는 선하지도 악하지도 않다는 건가. 그런데 결계의 위력이 이 정도라면, 악당은 어지간해서는 즉사해 버리고 말 것이다. 황당하기 짝이 없는 결계다.

파지직.

알기로스 부활하다 241

[신살병기가 나옵니다.]

용왕의 옥좌가 열리면서 옥좌의 중앙에서 희뿌연 안개가 새어 나왔다. 그 안개는 천천히 꿈틀거리더니 이내 존재하는 형상으로 바뀌었다.

형태는 책.

무기라고 보기에는 너무 이질적이고, 그렇다고 해서 평범한 책이라고 보기도 힘들다. 책은 책이지만 열어서 볼 수 없게 되어 있었다.

책표지에는 사슬이 걸려 있고 자물쇠가 채워져 있었다. 색깔은 주홍색, 마치 피를 연상시킬 정도로 선명했다. 나는 섬뜩한 느낌에 책에 감히 손을 올릴 수도 없었다.

"이건…"

레비가 경쾌하게 말했다.

[자, 이제 알기로스를 만나 보시면 됩니다!]

나는 레비의 말에서 이상함을 느꼈다.

어째서 신을 죽이는 무기라면서 책의 형태를 하고 있는지 이해되지 않는다. 어째서 옥좌에 이런 무기가 감춰져 있었는지 이해되지 않는다. 어째서 레비는 당연한 듯이 이 사실을 알고 있는지 이해되지 않는다.

하지만 이 상황에서 가장 이상하게 느껴지는 것은— 레비는 도리어 내가 알기로스를 죽이지 않기를 바라는 눈치다.

죽이기를 바랐다면 없애러 가라고 하면 그만이다. 하지만 멀쩡히 신살병기를 줘 놓고는 만나 보라고 하는 것은, 레비가 알기로스의 소멸을 바라지 않기 때문이다.

"레비, 너…."

레비가 자신의 안경을 치켜 쓰며 서글픈 표정을 지었다. 녀석의 표정에는 미안함과 괴로움이 스며들어 있었다.

[죄송합니다~. 자세한 건 주인님이 수정천궁에 도착하면 말씀드릴게요. 저도 나름대로 비밀이란 건 있답니다.]

"흥. 비밀 없는 녀석이 어딨냐?"

나는 레비에게 배신당한 느낌에 퉁명스럽게 말했다. 레비가 어쩔 줄 몰라 하면서 당황했다. 녀석도 나쁜 의도는 없는 것 같지만 이런 식으로 나오면 짜증이 난다.

나는 이누타브 블레이드를 거머쥐며 말했다.

"지금은 급하니까 그냥 간다. 약속대로 수정천궁에 도착하면 말해 주는 거다, 레비!!"

[물론입니다! 그럼 이제 가실깝쇼~!]

레비는 내가 넘어가자 기뻐하면서 외쳤다. 어찌 보면 단순한 녀석이기도 하다. 미워할 수 없는 성격이다.

타다닷!

마력이 안정된 덕분에, 나는 블링크를 써서 날 듯이 동굴을 벗어날 수 있었다. 블링크를 쓰는 주문 간격이 겨우

3초밖에 되지 않았다. 그렇게나 마력을 낭비해야 할 정도로 긴급한 상황이다.

이윽고 내가 신전의 로비에 도착했을 때, 기다렸다는 듯이 깎아내리는 듯 차가운 목소리가 들려왔다.

[내가 너, 인간을 과소평가했구나.]

쿠궁.

"이런!"

나는 상황이 최악인 걸 알아채고 침음성을 흘렸다. 이미 전투는 끝났다. 토르온 경과 서드 사제는 신이 등장하자마자 도망쳐 버렸는지 보이지 않았다. 지금 장내에 남아 있는 것은 모두 다섯 명이었다.

차갑게 나를 노려보는 북방신 알기로스와 트위스티드 간부 네 명. 그나마 디건이 중상을 입고 꼴사납게 널브러져 있는 게 다행이라면 다행이었다.

프론스티와 카라얀은 알기로스 곁에 시립한 채 공손한 표정을 짓고 있었다. 아까의 전투가 많이 흉험했는지 상태가 좋지 않아 보였다. 특히 프론스티는 마력을 많이 써서 그런지 안색이 파리했다.

[흐음….]

북방신 알기로스는 조용히 나를 주시했다. 신의 시선이 꽂히자, 아까처럼 다시 무력감이 전신에 엄습해 왔다.

이게 신의 권능(Diety Power)….

필멸자는 대항할 수 없는 힘이다.

[내 권능에서 살아남은 것도 모자라, 용왕의 옥좌를 다시 발동시켰구나. 그 덕분에 나는 이 신전에서 아직 나갈 수가 없다.]

어쩐지 이 자리에 남아 있는 게 이상하다 싶었다. 내가 속을 쓸어내리고 있을 때, 프론스티가 갑자기 알기로스에게 무릎을 꿇었다.

"신이시여! 옥좌의 결계를 부수는 일을 제게 맡겨 주십시오! 저라면 다시 마력을 혼돈스럽게 만들 수 있나이다."

프론스티라면 그러고도 남는다. 센마가 모든 마력을 쏟아 부어야 했던 일이지만, 프론스티는 가히 엄청난 마력을 지니고 있어서 어린애 장난처럼 해낼 것이다. 알기로스가 힐끔 그를 내려 보다가 말했다.

[아무리 용왕문이 3대 마왕문 중에서 최강이라지만, 아까 너는 그 소유자에게 너무 고전하더군. 그런 자가 트위스티드의 서열 3위라면, 내게는 트위스티드가 크게 필요치 않는 일이다.]

"으윽."

프론스티는 올 게 왔다는 듯 눈을 질끈 감았다. 알기로스가 말하는 걸로 봐서, 토르온 경은 생각보다 압도적으로 프론스티를 몰아붙인 모양이다.

9클래스의 프론스티가 고전하는 걸 본 알기로스는 트

위스티드에 실망할 수밖에 없다. 이 상황에서 신에게 버려지면 패망밖에 없다는 걸 아는 프론스티는 필사적으로 나서고 있는 것이다.

프론스티가 한순간 나를 쏘아보았다. 그러더니 마력을 끌어올리며 외쳤다.

"제게 기회를 주십시오! 저 동방신의 사자를 쓰러뜨리고 그 목을 신께 바치겠나이다!!"

[그럴 필요 없다. 내 예상대로라면 네가 우위를 점할 수는 있겠지만, 영원히 저자에게 승리할 수는 없다. 죽일 수 없다는 말이다.]

"무슨 말씀이신지…."

프론스티가 황당한 표정을 지었다. 아무리 지쳤다고는 해도 그는 9클래스에 진입한 궁극 대마도사다. 단신으로 작은 나라를 멸망시킬 수 있는 마력의 소유자인 것이다. 궁극 마도사 중에서도 특히 마력이 많은 프론스티의 힘은 가히 군단(Region)에 비교해서 모자람이 없다.

알기로스가 강철로 된 손가락으로 나를 가리켰다. 정확히는 내 뒤쪽에 있는 동굴을 가리켰다.

[너희는 모두 옥좌로 가서 대기하고 있어라. 나는 그와 이야기를 하고 따라가도록 하겠다.]

프론스티, 카라얀, 센마는 동시에 머리를 조아리며 대답했다.

"알겠나이다!!"

나는 그 모습을 보자 숨이 막힐 것만 같았다. 저들 중 누구도 일국의 왕 앞에서 비굴하지 않을 인물들이다. 그런데 신 앞에서는 마치 수십 년간 목숨을 바쳐 온 충신처럼 자존심을 죽이는 것이다.

그럴 만도 하다. 적인 나조차도 신성한 위엄에 이기지 못해서 고개를 들 수 없을 지경이다. 거대한 힘에 이길 가능성이 없다면, 꼬리를 내릴 수밖에 없으리라.

"……"

저벅.

몸이 움직이지 않는다. 굳어 있는 나를 뒤로하며 프론스티부터 지나쳐서 동굴로 들어갔다. 도중에 카라얀이 내 귓가에 대고 중얼거렸다.

"신께 자비를 구하면 목숨만은 건질 수 있을 게다."

충고랍시고 한 모양이지만, 조롱일 뿐이다. 상식적이라면 검을 들어서 녀석들을 공격하며 막아 내야 하지만, 나는 가만히 서 있기만 했다.

그저 막막하기만 하다. 레비가 신살병기랍시고 주긴 줬는데, 이제 나는 태고 적부터 세상을 지배해 온 사대신의 하나와 싸워야 하는 것이다.

신과 싸운다!!

각오는 하고 있었지만 지독하게 현실감 없는 상황이

닥쳐오자 정신이 아득해진다. 누군가에게 이런 이야기를 하면 미친놈 취급을 받을 것이다.

아마 이런 식으로 비꼬겠지.

'신하고 어떻게 싸워? 너 돌았냐?'

구체적인 근거도 뭣도 없다. 신의 권능이 무엇이기 때문에 내 승률이 어떻다는 말도 없다. 그저 [신]에게 저항하는 것 자체가 의미 없음.

이윽고 트위스티드의 간부들 모두가 깊디깊은 동굴 속으로 사라져서 기척이 느껴지지 않았다. 강철 인간 아크의 모습을 하고 있는 알기로스는 처음부터 끝까지 내게서 눈을 떼지 않고 있었다.

마치 관찰하듯이.

"……"

[…….]

그렇게 찰나가 흐르고, 시간이 흘렀다. 겨우 5분 정도에 불과했지만 마치 한 시간은 서 있었던 것처럼 느껴진다. 나는 알기로스가 아무런 반응도 없는 게 도리어 두려웠다.

어떻게든 말을 꺼내야 하지만 무슨 말을 할 것인가? 아까와는 상황이 달라서, 지금 말을 잘못 했다가는 돌이킬 수 없으리라는 생각이 들었다.

[너도.]

마침내 알기로스가 입을 열었다.

[시스템 관리자(System Administrater)의 권한을 가지고 있구나. 아까는 긴가민가했지만 확실해졌다.]

시스템 관리자? 이 녀석도 알 수 없는 소리를 한다.

하지만 이 상황은 곧이곧대로 솔직하게 말해서는 벗어날 수 없다. 나는 재빨리 타이틀을 '전설의 허세왕(Master Bluff)'으로 바꾸면서 심호흡을 했다.

'내가 미쳤지.'

전설의 허세왕 발동!

신을 상대로 허세를 부린다!

있을 수 없는 일이지만 할 수는 있다. 타이틀은 레벨이 높아질수록 그 효력이 강해졌다. 겨우 10레벨도 안 되었을 때조차 레벨이 다섯 배 높은 자들에게 허세가 먹혔다.

지금이라면 누구에게라도 허세가 먹힌다. 설령 신이라고 할지라도, 내 허세가 의미 없진 않을 것이다. 나는 마음을 강하게 다진 후 대답했다.

"그걸 이제야 눈치챘군! 그래, 내가 그 권한을 가지고 있다, 알기로스!!"

나는 중후한 목소리를 깔면서 알기로스를 똑바로 바라보았다. 아까처럼 시간이 갈수록 신의 권능에 저항하기 편해진다. 아마 레비가 경험치를 소모하면서 막아 주고 있기 때문이다.

그러면서 나는 슬며시 아까 가져온 자물쇠 책을 꺼냈다. 알기로스는 이 책이 뭔지 모르는지 신경 쓰지도 않는 기색이었다. 나는 알기로스의 무반응에 불안해졌다.

'아, 제길. 이러다 진짜 영혼까지 소멸당하는 거 아닌가…?'

돌이킬 수 없다.

그러면 후회하지 말고 앞으로 나아가라! 성공하든 실패하든 찌질이라면 성공한 찌질이가 되자고!

초대 허세왕 카르자크 1세의 명언이 머릿속에 울려 퍼졌다. 허세를 부릴 때 제일 중요한 것은 자신의 말을 의심하지 않는 것이다. 허세 부리는 자가 자기 말을 믿지 않으면 누구도 속지 않기 때문이다.

비록 카르자크 1세는 오시리스 신의 가호를 받아서 나이프를 휘두르다가 다른 차원으로 넘어갔다고 하지만, 그는 생전에 한 번도 허세를 실패한 적이 없었다. 나는 그 사실에 재차 용기를 얻었다.

"나는 인간이라서 널 이길 순 없다! 하지만 인간을 얕보지 마! 죽을 때 죽더라도 맞찌르기는 할 수 있으니까…!!"

[…….]

알기로스는 턱을 괸 채로 한참 침묵했다. 그러더니 이상하다는 눈으로 나를 쳐다보았다. 그 시선이 또 마음을 불안하게 했다.

[이상하군. 넌 왜 이제 와서 역할놀이(Role Playing)를 하고 있는 거냐?]

제6장

방랑자

"뭐?"

 그 말은 명백히 나를 바보 취급하고 있었다. 이상한 게 있다면 알기로스는 아까처럼 나를 멸시하는 기색이 없었다. 마치 오랜 친구를 대하듯이 고요히 평정심을 지키고 있었다.

 차라리 다정하기까지 하다. 이런 반응은 예상 못했다.

 [아까 내가 이 세계의 역할이 중요하다고 했으나, 그건 우리의 진실을 모르는 존재 앞에서 하는 말. 우리끼리 그런 놀이를 할 필요는 없지 않은가.]

 "…놀이?"

 갑작스레 이야기가 전환된다. 나는 머리를 굴리다가 간신히 알기로스의 마음을 눈치챘다. 알기로스는 지금 적이 아니라, 알고 지내던 동급의 존재를 대하고 있는 것이다.

어째서 신이 인간에게?

북방신 알기로스가 강철손가락의 검지를 꼽으며 말했다. 목소리는 여전히 태평했다.

[너는 그날 우리가 일으켰던 세계창조(Genesis)에서 살아남은 승무원인 모양이군. 내가 너를 모르는 걸 보면, 함내에서 그리 알려진 인물은 아니었나 보지. 그렇다고 해도 설마 일개 NPC의 몸을 빌어 여기까지 찾아오다니— 그 정도로 원한이 깊었던 것이냐.]

NPC? NPC는 또 뭔데?

"…그, 그래. 너희를 용서할 수 없었다!!"

나는 표정을 분노와 과격으로 물들이며 울부짖었다. 물론 표정 연기에 허세일 뿐이고, 나도 내가 무슨 말을 하는 건지 잘 모르겠다. 일단은 저 녀석이 무슨 말을 하는지만 다 기억해 둬야겠다.

알기로스가 신답지 않게 '한숨'이란 걸 내쉬었다.

[후우.]

"……."

[용서해 주게. 모든 계획을 짠 건 내가 아니지만, 참여한 자체로 책임이 있지. 나는 진심으로 그대에게… 아, 이름이 뭐지?]

"J. S."

[그 NPC의 이름이 아니라 진짜 이름을 묻는 걸세.]

진짜 이름이라니. 귀족이나 왕족처럼 풀네임을 지닌 사람이나 정체를 어둠 속에 묻고 살아가는 걸 말하는 건가. 나는 고민하다가 가명이 아닌 진짜 이름을 밝혔다.

"지신."

대충 속여 넘길 수 있을 것 같다.

[지신이라. 내가 아는 그 친구의 이름과 비슷하군. 그 친구도 창세 계획에 동참시키려 했지만 거절했지. 하지만 끝까지 의리를 지켜서, 안셀무스의 편에는 서지 않았다.]

"……"

나는 왠지 속에서 불쾌하고 짜증나는 기분이 스멀스멀 새어 나오는 게 느껴졌다. 이성이나 감정으로도 표현할 수 없다. 말 그대로 무의식에서부터 저 말에 대한 거부 반응이 일어났다.

어, 뭐지. 이런 일이 예전에도 있었던 거 같은데.

그래. 그때였다. 오레이칼코스의 세계에 갔을 때, 오레이칼코스가 승무원이 몰살당한 방을 보여 줬을 때. 그때는 까닭 없이 구토가 일어나고 불쾌해졌다. 지금 느껴지는 감각은 그것과 같다.

알기로스가 내게 사과해 왔다.

[나 로가스트 마 라마기스(Rogast Ma Lamagis)

는 지신, 그대에게 진심으로 사과한다. 새로운 행성으로 이주하려는 꿈을 깨뜨려서 미안하다.]

 알기로스 북방신의 본명은 로가스트라는 사실을 알게 되었다.

 "그런 한마디 말로 될 것 같으냐!"

 내가 강하게 노려보자 의외로 알기로스가 고개를 주억거렸다. 갈수록 인간적인 감정이 행동에서 드러나고 있었다.

 [그렇지. 우리가 한 짓은 이런 사과 몇 마디로 용서받을 만한 짓은 아니다. 그건 나도, 탈마히라도, 심지어 계획을 처음부터 끝까지 주도한 이누타브도 알고 있다.]

 내가 뭐라고 말하려 했지만 이내 이어진 말에 말문이 막혀 버리고 말았다.

 [그런데 그럼 어떻게 할 텐가?]

 "……."

 너무나도 태연해서 말문이 막혔다.

 [이미 시스템의 코어(Core)를 장악하고 새로운 세계의 법칙성을 관장하는 우리를, 어떻게 할 생각인가? 설마 그 보잘것없는 NPC의 몸으로 숨어든 정도로 관리자의 권능에 저항할 수 있겠나? …불가능하지. 불가능해. 그건 돌멩이를 집어 든 맨몸의 인간이 우주함대에 덤비는 것과 비슷해. 무모한 게 아니라 불가능한 일일세.

내 말을 알아듣겠나? 지신. 자네는 지금, 나에게 사과 말고는 받을 수 있는 게 없어.]

 나는 알기로스가 이렇게 긴 말을 하는 것은 처음 봤다. 그리고 알기로스가 잠깐씩 말을 끊을 때마다 욱하는 감정이 치밀어 올랐다.

 전후 사정은 모른다. 알기로스의 말이 정확히 무슨 뜻인지도 모른다. 아마 세계와 관련된 거대한 비밀이겠지만 그런 걸 나 같은 보통 인간이 알 리가 없잖은가.

 그럼에도 불구하고 화가 난다.

 미친 듯이.

 알기로스가 말하는 문맥으로 봐서, 이놈은 자기 자신의 잘못 앞에 당당했다. 피해자를 상대로도 서슴없이 약 올리고 있다.

 요는 힘없는 녀석은 말로 하는 사과를 받으면 그만이라는 뜻이다. 진심 어린 사과는 기대도 하지 마라. 때려죽이지 않는 것만으로도 자신의 자비에 감사하라는 뜻이다.

 …전형적인 쓰레기의 사고방식이다.

 나는 고향에서 왈짜패를 상대하며 막싸움을 하면서도, 이렇게 썩어 빠진 생각은 보지 못했다. 자기 자신의 힘에 얼마나 도취되어 있으면 저렇게 뻔뻔해질 수가 있단 말인가?

그게 신이라니. 그것도 이 세상에 상대할 자 없는 무적의 존재라니. 아무리 억울해도 신이 아닌 자는 그들의 횡포를 보고만 있어야 한다니.

아, 젠장할.

왜 사대신의 부활만큼은 막으려고 다들 안간힘을 쓰는지 알 것 같다. 이런 쓰레기 놈들이 힘을 휘두르면 세상은 엉망진창이 되고 만다.

나는 도리어 어이가 없어서 허탈하게 웃고 말았다. 이젠 아무래도 좋다는 생각이 들 지경이었다. 나는 한 손에 자물쇠 책을 꺼내 들면서 말했다.

"허세는 그만 부릴란다."

[무슨 말이지?]

"사실 너랑 나는 오늘 처음 만났거든? 지신이니 뭐니 전부 다 뻥이라고."

[…….]

알기로스가 문맥을 파악하지 못하며 잠잠해졌다. 방금 전까지 꽤 들뜬 기색이었는데 한 방에 침묵시킨 것이다. 그보다도 알기로스에게 욕을 할 수 있다. 완전히 신의 힘에서 벗어난 것이다.

[그럴 리가.]

한참 후에야 믿을 수 없다는 말투다.

"난 말이야, 웬만해서는 처음 만났어도 짜증만 낼 뿐

이지 그 녀석을 함부로 무시하진 않는다. 친해질 순 없어도 상대도 존중할 점이 있기 때문이다."

[…….]

보고 계십니까, 아버지 어머니.

경비병으로 일하고 있던 아들 지신은 여행한 지 몇 달만에 잘나가는 모험가가 되었습니다.

"그런데 넌 진짜 개쓰레기다. 제대로 생각이 박혀 있지도 않으면서 신 노릇이나 하려다 보니까 대가리가 홰까닥 맛이 가 버린 모양이지?"

이렇게 신한테 중지를 치켜세울 정도로 말이죠.

[…말을 삼가라, 인간.]

알기로스가 그제야 상황을 파악하고 다시 신의 엄숙한 말투로 돌아왔다. 이미 때가 늦어서 나는 알기로스의 추한 모습을 모두 보고 말았다. 나는 대놓고 비웃음을 지으며 이누타브 블레이드를 다른 한 손에 빼 들었다.

"하하하! 이젠 인간이냐? 북방의 사대신 나으리, 이 인간에게 무엇을 말하고 싶으신지?"

알기로스의 강철 갑옷 안에서 불빛이 번뜩였다. 어둠 속에서 끓어오르는 듯한 선언이 들려 왔다.

[어떻게 사대신의 비밀을 주워들었는지는 몰라도 이제 나는 용서할 수 없노라. 영혼까지 나락에서 고통 받게 될 것이다!!]

그 냉정하던 알기로스가 처음으로 '분노'라는 감정을 내보였다. 나는 죽을 위기에 처했지만 도리어 담담하게 미소 지을 수 있었다.

저놈은 신의 힘을 지닌 존재일 뿐이다.

결코 절대신이 아닌 것이다.

쿠구구구.

그 순간, 내가 서 있는 공간이 휑하니 비어 버렸다. 진공이 되었다거나 파괴력으로 부서진 게 아니다. 말 그대로 내 몸체 외에는 아무것도 존재하지 않는 무(無)가 되어 버렸다!

그 허무의 공간에는 공기고 뭐고 아무것도 없었다. 심지어 미세한 세균도 생명도 없었다. 우주가 태어날 때의 모습을 그대로 옮겨놓은 것 같은 광경이었다.

[캐릭터 딜리트로 없앨 수 없다면 리소스(Resource)를 없애서 제로로 만들어 주마. 어떤 툴이 있어도 그 인간의 몸으론 견뎌 낼 수 없을 것이다.]

빠가각!

기묘한 현상이 벌어졌다. 고통도 느껴지지 않았고, 내 몸에 이상을 알리는 메시지도 떠오르지 않았다. HP조차 깎이지 않았다.

그런데 내 손가락은 마치 석고상처럼 딱딱하게 부서지고 있었다. 부서져 흩날리는 모습이 현실 같지 않았다.

지금까지 몇몇 경우를 제외하면 어떤 공격인지는 파악할 수 있었기 때문이다.

'리소스… 리소스가 뭐지?!'

나는 급히 블링크를 써서 빠져나가려고 했지만 마력도 움직이지 않았다. 마음을 제외하고는 모든 게 석고상이 되어 버린 것처럼 멈춰 버렸다.

일개 석화(石化) 저주와는 차원이 다르다. 차라리 마법이라면 진언을 외우는 것만으로 빠져나갈 수 있지만 지금은 저항할 수조차 없다.

쿠궁.

급기야는 양팔이 손목까지 날아갔다. 내 손에 들려 있던 이누타브 블레이드가 땅에 떨어졌다. 이누타브 블레이드는 저 능력에 영향을 받지 않는 것 같았다.

"크윽."

나는 꼼짝도 못하고 당하니 어이가 없었다. 이런 말 하기는 그렇지만, 고룡이라고 해도 나를 이렇게 갖고 놀 수는 없다. 하지만 신 앞에 서니 어린애 손목을 비트는 것처럼 손쉽게 제압당해 버리는 것이다.

이게 사대신 알기로스!

그는 손을 뻗고 있다가 흥미로운 듯 눈을 번뜩였다.

[호오. 그건 무엇이냐.]

알기로스의 시선에는 아까 꺼냈던 자물쇠 책이 있었다.

신기하게도 자물쇠 책은 붙잡고 있는 내 손이 사라졌는데도 그 위치에 부유하고 있었다. 뿐만 아니라, 알기로스의 힘이 강해질수록 자물쇠가 덜걱거리며 기분 나쁜 흉광을 내뿜기 시작했다.

알기로스가 말했다.

[어디선가 본 것 같은데. 이 나의 권능에서 버티는 걸 보면, 이것도 아웃사이더(Outsider)들의 유물인가?]

"아웃사이더…?"

[아직 말을 할 수 있는가. 역시 너는 좀 특별한 인간이구나.]

알기로스는 별것도 아니라는 듯 손목을 저었다.

[뭐 좋겠지. 네가 소멸할 때까지는 3분도 남지 않았으니 시시한 이야기라면 해 주겠다, 이 북의 알기로스가.]

고맙기 짝이 없는 일이지만, 이건 심심해서 행하는 신의 유희.

알기로스의 생각에 내가 사라지는 건 기정사실이었다. 이미 원한도 별로 느껴지지 않을 정도로 승리를 확신하는 모습이었다. 나는 속에서 울컥하는 게 솟아올랐지만 지푸라기라도 잡는 심정으로 입을 열었다.

"…아웃사이더가 뭐야."

['경계(TimeLine)' 밖에 존재하는 자들.]

북방의 신은 흡사 산책이라도 나온 것처럼 느긋하게 뒷짐을 지며 걸음을 옮겼다. 저 능력은 마음만 먹으면 계속 발동시킬 수 있는 것이다.

[우리 셋이 처음에 시스템 코어를 장악하고 세계를 변혁시킬 때도, 다룰 수 있는 것은 경계 안쪽의 법칙이었다. 그 바깥은 우주의 태초부터 살아왔던 거대한 존재들이 우글거리고 있다.]

"……."

우주의 바깥에 우주가 있다니! 그리고 사대신으로서도 손을 쓸 수 없는 존재가 있다니 충격이었다. 말하는 양으로 봐서 아웃사이더를 두려워하진 않지만 껄끄러워하고 있었다.

그런데 셋이라니?

사방신이라면 '넷' 이라고 해야 되는 거 아닌가.

[그래 봤자 그들은 우리의 세계엔 크게 간섭할 수 없다. 기껏해야 불가침조약을 맺는 것뿐이지. 그래서야 얘깃거리도 못 되지 않느냐?]

순간 내 머릿속에는 아웃사이더라고 할 만한 존재가 셋이 생각났다.

사신계를 다스리는 명부왕.

천계를 다스리는 천사왕 메타트론.

그리고 모든 용들의 어머니, 용왕.

그들은 사대신의 지배를 받지 않으면서 독자적으로 세력을 구축했다. 용왕은 어쩌다 보니 적룡의 검갑이 되어 버렸는지 모르겠지만, 용왕의 힘이 수호하기 때문에 이누타브 블레이드가 멀쩡한 것이리라.

심지어 내가 보았던 제5천 케테르의 지배자, 천사장 산달폰의 힘도 사방신에 떨어지는 게 아니다. 그는 대륙 크기만 한 뇌전을 떨어뜨렸던 것이다.

하긴 사방신이 그들조차 제압할 수 있었다면 옛날 옛적에 신이 세계를 제패했을 것이다.

'이누타브 블레이드에 희망이 있다.'

신인 알기로스조차 이누타브 블레이드는 어찌지 못한다. 그렇다면 이누타브 블레이드로 놈을 찌를 수만 있다면, 신을 죽이는 것도 가능하지 않을까?

[불가능합니다.]

레비의 목소리가 들려온 것은 그때였다. 나는 흠칫 놀랐다. 내 몸이 빠르게 붕괴되는 와중에도 레비의 목소리는 선명하고 또렷하게 들려왔다.

'뭐, 레비?'

[사방신들은 5천 년 전부터 계속 대립하고 싸웠습

니다. 사자가 출현한 것도 한두 번이 아닙니다. 지금의 주인님보다 강력한 존재도 부지기수였죠. 그럼에도 불구하고 기록상에 신기를 소유한 사자가 다른 사방신을 살해한 일은 없습니다. 죽일 수가 없었습니다.]

"……!!"

나는 레비의 말에 정수리에 찬물을 맞은 기분이 들었다. 확실히 나는 사자로 치면 몇 십 번째가 된다. 그 무수한 전쟁에서 나 같은 생각을 한 사자가 당연히 있었을 것이다.

[강물과 바닷물이 만나면 더욱 크고 넓은 쪽에 흡수되고, 설령 그렇게 된다고 해도 물이라는 본질에는 변화가 없습니다. 신기를 써서 사방신을 공격하면 중상까진 입힐 수 있을지언정, 결코 죽일 수가 없습니다. 지상의 어떤 물리 공격이나 마법 공격도 마찬가지입니다.]

"……"

생각보다 상황이 더욱 심각하다. 즉 사방신의 힘의 근원이 똑같기 때문에, 사자는 결코 신을 죽일 수 없는 것이다. 그래서 가면의 검사도 기회를 잡았지만 북방신 알기로스와 남방신 탈마히라를 봉인하는 데 그쳤으리라.

'뭔가 방법이 있으니까 말을 꺼낸 거 아니냐?'

내가 다그치자 레비가 기억의 공간에서 조용히 고개를

끄덕였다. 레비는 다시 원래의 밝은 모습으로 돌아와 있었다.

[하하! 이미 신을 죽일 수 있는 무기는 주인님께 있습니다. 자존심도 세고 묘하게 비뚤어진 녀석이지만, 녀석도 틀림없이 주인님을 도와줄 겁니다!]

'녀석?'

설마, 내 눈앞에 떠 있는 신살병기라는 게 설마.

그런 생각을 하는 사이에 이미 내 양팔은 부서져서 없어져 있었다. 뿐만 아니라 내 발도 서서히 사라지고 있다.

장난치고 있다. 아무래도 북방신 알기로스는 한 번에 나를 소멸시킬 수도 있는데 내 공포를 즐기려는 모양이다.

알기로스가 말했다.

[이런 상황인데도 얼굴에 두려움이 없구나. 그것만큼은 인정해 주도록 하겠다.]

그래, 이러든 저러든 죽는다면 말이라도 속 시원히 해보자. 나는 용기를 끌어올렸다.

"마지막으로 하나만 더 묻지."

[말해 봐라.]

"신이 된 걸 후회하진 않냐. 정말로."

[무슨 뜻이지?]

알기로스가 눈에 띌 정도로 동요했다. 심지어 강철 갑옷 속의 영혼도 흔들린다. 나는 힘의 차이를 신경 쓰지 않고 솔직하게 말했다.

"내 생각에 너희 사방신은 처음부터 신은 아니었다. 신인 척하고 있을 뿐이지, 원래는 다른 세계에서 살아가고 있었을 것이다."

이상하다. 내가 평소에 이렇게 생각이 깊었나 생각될 정도로 말이 술술 나온다. 마치 내가 내가 아닌 것 같다.

[그래서.]

"신이 되면서 모든 걸 얻었다고 생각하겠지만, 필멸자로 살아갈 수 있는 기회를 잃었다는 생각은 한 적이 없냐고, 묻고 있는 거다."

[…….]

북방신 알기로스는 머뭇거렸다. 나는 왠지 모르게 가슴이 두근거렸다. 전혀 근거도 없는데 내가 이 순간을 오랫동안 기다려 왔다는 느낌이 든다. 그의 대답이 매우 중요하다는 생각이 들었다.

내 목숨보다 중요하다고 여겨질 정도로.

이렇게 소멸될 처지에 놓였는데도, 내가 죽느냐 사느냐보다는 알기로스의 대답이 신경 쓰였다. 그건 확실히 기묘하기 짝이 없는 상황이었다.

레비가 중얼거렸다. 녀석도 뭔가 대답을 기대하고 있

었다. 그러고 보니 처음부터 레비는 알기로스를 죽이기를 원하지 않았다.

[제발.]

잠시 침묵이 흘렀다. 그 침묵과 함께 나는 양팔과 양다리를 모두 잃어버리고 말았다. 이제 1분도 되지 않아서 전신이 사라져 버릴 것이다.

그리고 냉정하던 알기로스가 별안간 광소를 터뜨리고 말았다.

[크하하하하하!! 인간 따위가 좋게 대해 줬더니 기어오르려고 드는구나! 이렇게 시건방진 인간은 정말 처음 보는군!]

"……."

뭔가 뚝 하고 끊어졌다.

[후회하지 않냐고? 아, 후회하지. 좀 더 일찍 신이 되었다면 더 큰 힘을 손에 넣었을 텐데 아쉬울 뿐이다. 그와의 의리를 지킨답시고 머뭇거렸던 게 내 실수였다.]

알기로스가 훗 하고 웃었다.

[그것도 이제 끝이다. 처음부터 사방신이 아니라 삼방신이었고, 나는 서방신의 힘을 흡수하는 걸 망설이지 않을 것이다. 네놈을 소멸시킨 다음 바로 샘물로 가서 신력

을 얻겠다! 그러면 내 힘은 이누타브와 대등해질 것이다.]

나는 갑작스레 알기로스가 보여 주는 패기와 야망에 멍해지고 말았다. 신의 위엄을 걷어 낸 알기로스라는 인간은 차라리 정복자에 가까웠다. 알기로스가 강철 주먹을 불끈 쥐었다.

까드득.

[대화는 끝이니라!]

내 전신이 순식간에 형체도 없이 빠르게 부서졌다. 시야가 점멸하면서 머리가 깨진다. 반전의 여지도 없이 압도적으로 당하고 있으니 어이가 없다.

골든프릭스 용병단, 당신들은 이런 괴물을 상대로 버텨 낸 건가? 정말 예전엔 터무니없는 인간들도 있었구나.

나는 곧 편하게 웃어 버리고 말았다. 뭐 일이 이렇게 되어 버린 이상 깨끗하게 항복해 버려도 좋겠다. 말이야 바른말이지 나 같은 평범한 인간이 어떻게 신에게 대항할 수 있을까.

…하지만, 마지막으로 한 번만 더 믿어 보기로 했다. 레비가 말했던 신살병기의 존재를. 어떻게든 신살병기가 발동해서, 눈앞에 있는 저 타락한 알기로스를 없애 주기를 바랐다.

그걸 끝으로 내 의식이 사라졌다.

누군가에게 바통을 넘기는 이 기분은 왠지 한 번 겪어 본 적이 있었다.

<u>고고고고.</u>

시간이 죽어 버린다. 모험자 J. S의 의식이 끊긴다.
이게 게임오버(Game Over)라면 꽤나 그럴듯한 연출이다.
……
하지만 방랑자(Wishmaster)의 이야기는 이제야 시작이지.
안 그러냐, 레비.

[뭐?!]
자칭 북방신 알기로스가 놀라고 있다. 저 녀석은 원래도 우유부단하고 결정력이 없었다. 게다가 천재 앞에서는 툭하고 놀라 대서 그야말로 범재(凡材)의 전형이었다.
재능이 뛰어난 이누타브는 그를 경멸했다.
어둠에 심취했던 탈마일은 그를 무시했다.
하지만 나와 안셀무스는 그런 알기로스를 싫어하지 않았다. 매사 원칙주의에다가 우유부단하고, 의욕만 앞서면 다른 사람들에게 민폐덩어리다. 그럼에도 불구하고 알기로스는 기본적으로 착한 녀석이었다.

그래서 나는 알기로스를 좋아했다. 끝까지 설득하고 싶었을 정도로.

아, 잡생각이나 할 때가 아니군. 나는 시야를 내리면서 내 몸이 복원되는 과정을 살펴보았다.

마치 석고 동상처럼 잘게 부서졌던 몸은 시간이 거꾸로 되돌아가듯 회복되고 있다. 심지어 작은 상처나 부상까지도 되돌아왔다.

알기로스가 말했다.

[네놈은 역시 작든 크든 간에 관리자의 권능이 있구나! 그런 주제에 이 나를 기만하다니. 하지만 어떤 툴(Tool)이건 간에 코어를 지배한 내 상대가 되지 못한다.]

콰두두두.

알기로스의 손이 위로 올라가자 이 공간 전체가 그의 뜻대로 변했다. 공기의 성분은 물론 기의 밀도, 마력의 분포까지 모두 그의 의지대로 변화한다.

이게 바로 관리자의 권능인 위상조절(Phase Control). 사대신은 세계의 물리법칙은 물론이고 존재하는 물체마저도 본질을 변화시킬 수 있다. 저 능력이 있는 이상 필멸자가 사대신을 이기기란 하늘의 별따기다.

하지만 그래 봤자 결국— 그건 그거잖아.

"맵 에디팅(Map Editing)."

[…….]

알기로스가 크게 동요했다. 그 반응에 나는 훗 하고 웃었다. 역시 로가스트는 로가스트다. 몇 년이 지나도 똑같다.

"코어씩이나 장악해서 사용하는 능력이 고작 그것뿐이라니 상상력이 빈약하군. 그런 건 굳이 코어를 차지하지 않아도 할 수 있다. 바로 이렇게 말이다."

[뭣?]

다음 순간, 레비가 내 의지를 받들어서 위상조절을 취소시켜 버렸다. 세계를 이루는 근원소가 명동하면서 질서를 되찾았다. 시스템 코어가 없어도 이런 것쯤 취소시키는 건 일도 아니다. 기본은 같으니까.

[흠!]

자신의 공격이 무위로 돌아가자 알기로스는 잠시 물러서며 신중해졌다. 놈은 노력가이기 때문에 언제나 냉정해지려고 노력한다.

[그러면 이거다.]

소리 소문 없이 내 주변이 새하얀 벽으로 둘러싸였다. 나는 눈 깜짝할 사이에 내가 서 있던 공간만 외부 차원으로 튕겨 나갔다는 사실을 알아챘다. 신이란 건 이렇게 멋대로 추방도 할 수 있는 것이다.

이대로라면 차원의 미아가 되어서 천년만년 떠돌게 된

다. 제법 머리를 썼는데. 그동안 연구를 꽤 했나 보다.

유치하지만.

"발동. 룰 더 레벨(Rule The Level)."

[명령을 받들겠습니다.]

인간 J. S가 지니고 있는 방랑자로서의 3대 각성기는 사실 모두 나를 위한 것이다. 그중에서도 특히 룰 더 레벨은 오로지 대신(對神)을 위해 만들어졌다.

룰 더 레벨의 능력은—

[시스템 관리자에게 룰(Rule)을 적용합니다. 레벨 한계가 ∞(Infinity)에서 제로까지 줄어듭니다.]

너희를 NPC로 만들 수도 있는 능력이지, 로가스트마 라마기스.

쿵!

내가 크게 발을 구르는 순간 내 위치는 원래대로 돌아와 있었다. 이번 공격도 통하지 않자 알기로스는 크게 당황했다.

[아니, 그걸 어떻게! 넌 대체 누구냐.]

"알기로스라는 이름은 네가 속한 마(Ma) 가문의 초대 가주의 이름이지. 왜 로가스트가 아닌가 했는데 겨우 그런 이유였구나."

[…….]

나는 말문을 잊은 알기로스를 보자 짜증이 났다. 나 자신에게 짜증난다. 결국 이 일은 어떻게 보면 내 잘못이기도 하기 때문이다.

"너는 아직 그때를 그리워하고 있었군. 내가 좀 더 빨리 왔더라면, 너를 원래대로 되돌릴 수도 있었을 텐데."

정말이지 세상일이라곤 맘대로 되는 게 없다. 기껏 힘을 얻어서 귀환했더니, 하나뿐인 친구의 마음을 되돌릴 기회조차 없다니. 그래서 이젠 적으로서 없애 버릴 수밖에 없다니.

나는 한쪽 손을 뻗으며 자물쇠 책에 손을 댔다.

우우웅!

책이 울부짖더니, 진정한 주인을 만났다는 듯이 자물쇠가 부서져 버렸다. 그리고 선홍색 표지의 책이 세상에 그 모습을 드러냈다.

"블랙북과 레벨업은 원래 하나의 시스템이다."

[무슨 소리냐? 무슨 소리를 하는 거냐?]

알기로스가 자신의 머리를 부여잡더니 혼돈으로 가득 찬 목소리로 외쳤다.

[블랙북은 이누타브의 시종이다! 5천 년 전부터 줄곧 그 옆에 있었는데, 네가 그의 존재를 알고 있단 말이냐!]

"당연히 알고 있지."

내 손이 선홍색으로 변해 있는 블랙북을 붙잡았다.

"이건 원래 내 거니까."

블랙북에서 한층 더 붉은 빛이 터져 나왔다. 원래 검은 표지였지만 엔트로피의 하강을 막지 못해서 그렇다. 지금 내가 하고 있는 것은 블랙북의 원래 힘을 이끌어 내는 것이다.

나는 당황하는 알기로스를 놔두고 블랙북에게 나직이 말을 걸었다.

"블랙북. 네트로피(Nethrophy)를 상승시킨다."

블랙북은 내 명령에 거세게 저항하더니 이내 명령대로 움직이기 시작했다. 형제와도 같은 레비가 블랙북의 의지를 통제하고 있기 때문이다.

평소에는 이누타브의 충신이지만, 실상 그 본질은 내부하나 다름없는 상태. 그리고 레비가 성장용이라면 블랙북은 전투용이다.

고오오.

"암원강(Negative Sphere)."

허공에 질량이 없는 시꺼먼 원구가 하나 떠올랐다. 크기는 딱 축구공 크기였다. 나는 알기로스를 힐끔 바라보고는 그대로 내쏘았다.

말 그대로 광속이다.

슈쿵.

[······!!]

알기로스는 자신의 가슴을 관통한 암원강의 흔적을 멍하니 바라보았다. 자신이 이렇게 단순한 공격에 당한다는 걸 믿지 못하는 것 같았다. 알기로스가 이내 광소를 터뜨렸다.

[크하하! 신에게 이런 건 통하지 않아!]

"뭐 그렇겠지. 9클래스건 10클래스건 어차피 툴상에 있는 법칙일 뿐. 관리자 캐릭터를 없애기는 고사하고 데미지 주는 것도 불가능하다."

나는 어깨를 으쓱했다.

"근데 그건 네트로피 덩어리가 뭉친 거거든. 엔트로피(Enthrophy)가 하강되면 될수록 생겨나는 우주 최악의 소멸 물질이지."

[뭐라고!]

"극도의 균형이 불러오는 건 극도의 소멸이다···라고 해 둘까?"

콰과광!

내 말이 끝나는 순간 알기로스의 전신이 마치 사그라들 듯이 터져 나갔다. 알기로스는 신이 된 이래로 한 번도 느껴 보지 못한 생소한 고통에 울부짖었다.

[크아아아아악!!]

저래도 아직 소멸되지 않는 걸 보면, 지난 5천 년 동안 툴을 이용한 공격에도 많이 저항력을 높인 모양이다. 나는 알기로스가 거의 전투 능력을 상실했다는 걸 알아챘다.

"네가 좋아하는 게임에 비유해서 설명해 주지. 넌 지금 버그와 크래킹(Cracking) 툴이 덕지덕지 묻어 있는 프로그램에 정통으로 해킹당한 거다."

그래서야 누구도 멀쩡할 수 없다.

[넌, 너는… 대체 누구냐.]

알기로스는 이미 전의를 잃었다. 그는 생전 처음으로 당하는 패배에 절망한 듯 걸레짝처럼 변해 버린 육체를 복원하지도 않았다.

나는 대답하지 않은 채로 알기로스의 머리를 손으로 꽉 눌렀다. 막상 이런 상황까지 오게 되니 마음이 복잡해졌다.

설마 일이 이렇게 되리라고 그때 누가 상상했을까! 어차피 벌어진 일이라면 속 시원하게 수습하는 게 최선이다.

마음 약했고 우유부단했지만 착했던 내 친구 로가스트마 라마기스여.

"잘 가라."

퍼엉!

나는 말이 끝나는 순간 암원강으로 알기로스의 머리를 터뜨렸다. 끝내기로 작정한 이상 자비 따윈 필요 없다. 어쩌면 긴긴 세월 동안 알기로스도 살아가는 데 지쳐 있었을지 모른다.

그러니 필멸자를 잡아 두고 변명하는 이야기나 주절거렸겠지.

레비가 말했다.

[지난번처럼 데우스 엑스 마키나의 권능을 사용했으면 간단히 소멸시킬 수 있으셨을 텐데요.]

그건 인과율을 벗어나는 대상에게만 쓸 수 있다. 알기로스의 힘이 이 세계에서는 위험하기 짝이 없지만, 우주 전체로 보면 그리 대단한 게 아니거든.

[하여튼 이걸로 하나가 끝났네요.]

아무튼 J. S도 잘 부탁해. 다음 녀석이 탈마히라가 되건 이누타브가 되건 지금보다 몇 배는 어려울 테니까.

[궁금한 게 있는데요.]

응?

[아직도 일이 끝나면 고양이로 환생하고 싶으신 건지.]

어. 참고로 수컷이 되고 싶어. 그건 왜 묻는데.

[이유가 알고 싶어서요.]

고양이가 낮잠 자는 게 기분 좋아 보여서 말이지.
[······.]

정신을 차리자 공동에 멍하니 서 있었다. 아까 알기로스에게 몰려서 당할 때와 하나도 다를 것 없는 장소다.

하지만 상황은 많이 달라져 있었다.

"헉!"

나도 모르게 침음성을 흘렸다.

내게서 3미터쯤 떨어진 곳에 주저앉은 채로 고개를 숙이고 있는 강철 인간. 그 안에는 이미 영혼의 불빛이 사라져 있었다.

뭐야.

북방신 알기로스의 기척이 느껴지지 않았다. 나는 서둘러서 이누타브 블레이드를 뽑아 들며 쓰러져 있는 강철 인간을 경계했다.

그렇게 한참을 기다렸지만 강철 인간은 두 번 다시 일어나지도, 움직이지도 않는다. 나는 긴장하면서 생각했다.

'이게 어떻게 된 일이지?'

살아난 건 좋은 일이다. 솔직히 방금 전에는 이것저것 다 포기했었다. 내가 죽더라도 알기로스를 처치할 수 있으면 그걸로 만족할 생각이었다.

그런데 나는 멀쩡하고 알기로스가 소멸했다니!

더구나 알기로스가 소멸시켜 버린 내 팔다리와 몸통도 멀쩡하게 되돌아와 있었다. 나는 내 눈앞에 떠올라 있는 선홍색 표지의 책을 물끄러미 바라보았다.

"뭔가 했군, 블랙북."

슈르르륵.

그 책은 점차 색깔이 바뀌더니 종래에는 검은색이 되었다. 그 모습은 내가 익히 알고 있던 블랙북이었다. 블랙북은 이성(?)을 되찾았는지 책장을 펄럭거렸다.

그러더니 화가 났는지 공간 속으로 사라져 버리고 말았다. 어째서 옥좌에서 블랙북이 튀어나왔는지는 미스터리지만 지금은 아무래도 상관없다.

"이겼어."

나는 이내 웃음을 참지 못하고 터뜨렸다.

"하하하! 이겨서 살아남았다아!!!"

신을 죽였다!

그것도 세계를 뒤흔드는 사대신의 하나를!

역사상 아무도 할 수 없었던 일을 해낸 것이다. 블랙북이 뭘 했는지는 기억이 없지만 절로 내 입꼬리가 올라갔다.

"음!"

그때 감각에 조그마한 체구의 여자 아이가 잡혔다. 내가 힐끗 동굴 쪽을 바라보자, 거기에는 당황한 표정의 카라얀이 서 있었다.

"뭐? 설마."

카라얀은 자기 눈을 비비더니 믿을 수 없는 듯 재차 중얼거렸다. 누군가가 자기 생각을 부정해 주기를 바라는 것 같았다.

"설마."

"설마가 사람 잡지. 이 경우에는 신을 잡은 건가."

"……."

내가 장난스럽게 대꾸하자 카라얀은 갑자기 손가락을 뻗어서 그랑시엘처럼 화염 광선포를 내쏘았다. 나는 빠르게 반응해서 이누타브 블레이드를 잡았지만, 처음부터 노리는 건 알기로스의 강철 신체였다.

꽝!

폭음이 터졌지만 꼼짝도 하지 않았다.

"이익!!"

역시 죽은 게 맞은 것이다. 카라얀은 성이 났는지 이를 으득 악물더니 공간이동으로 숙 사라져 버렸다.

나는 씨익 웃으며 생각했다.

'녀석들은 결계를 해제한다고 시간이 걸려. 게다가 성가신 카라얀까지 철수를 해 주다니, 이렇게 반가울

데가.'

 지금 내게 최악의 상황은 한 가지뿐이다. 북방신 알기로스의 죽음에 당황하고 놀란 트위스티드의 간부 셋이 동시에 덤벼 오는 것.

 하지만 센마와 프론스티는 지금 한창 안쪽에서 결계를 파괴하고 있으며, 카라얀도 내게 덤벼들 정신머리가 없다.

 나는 잠깐 죽어 버린 알기로스의 몸뚱아리를 보았다. 역시 기척이 없어서 섬뜩하다. 아까까지만 해도 천지를 지배할 듯한 위엄은 어디로 간 걸까.

 뭐 상관없다.

 어쨌든 나는 비밀결사 트위스티드의 숙원을 깨부숴 버린 것이다. 이걸로 블라스팅이 말했던 세계대전이 일어날 확률은 한층 낮아졌다.

 타다닥.

 이곳은 마력을 사용하기에 너무 위험했다. 그래서 나는 빠르게 뛰어서 기나긴 신전의 복도를 벗어났다. 나는 힐끔 뒤를 바라보며 중얼거렸다.

 "잘 가라, 자기의 힘에 취한 신."

 신전의 입구를 빠져나갈 때 레비가 내게 말을 걸었다.

 [주인님은 그가 싫으셨나요?]

 "별 생각 없었는데."

[…….]

쉬이이익.

눈 옆가로 풀숲이 빠르게 스쳐 지나갔다. 이젠 걸리적거리는 짐도 없으니 표범보다 두 배는 빠른 속도로 산지를 횡단할 수 있다.

"싫고 말고를 떠나서 알기로스는 신이잖아. 내가 좋으니 싫으니 하는 게 이상한 일이지. 굳이 말하자면 짜증나는 편이었다. 넌 대체 뭘 바란 거야?"

[불쌍하진 않았습니까.]

"불쌍?"

사대신이 불쌍하냐고?

나는 그 말에 약간 황당함을 느꼈다. 그 말에선 집요함마저 느껴졌다. 레비가 왜 이러는지 궁금했지만 일단 성의 있게 대답해 주기로 했다.

"뭐 녀석도 원래 신이 아니었다고 치면, 신이 되어서 운명에 휘둘리다가 죽은 거니까 불쌍할 수도 있겠군. 적어도 그 세계에서 녀석과 친하던 사람들은 슬퍼하겠지. 근데 그게 뭐. 그렇다고 해서 그게, 내가 사는 세상을 제멋대로 주물러도 좋을 이유는 되지 않아!"

[…그렇군요.]

단호한 내 말에 레비가 납득했다. 녀석은 묘하게 들떠 보였다. 나는 레비의 마음을 읽을 수 없어서 모르겠지만,

눈치로 말하자면 고민하던 게 해결된 모습이었다. 나는 다크엘프들의 경계를 이리저리 피하며 조심스럽게 아르넨스 숲을 빠져나가기 시작했다.

다크엘프들의 감각은 대단히 예민한 편이었지만, 하이딩 주문에 민첩성까지 30에 도달한 내가 마음만 먹으면 눈뜬장님이나 마찬가지였다.

마지막 다크엘프의 경계 범위를 빠져나가기까지는 채 5분도 걸리지 않았다. 이미 날이 어둑어둑해져 있어서 숲 속은 한 치 앞도 잘 보이지 않는 어둠으로 가득했다.

…정말로 기나긴 하루였다. 나는 그런 생각에 한숨을 지었다.

"휴우."

이제 1km만 더 가면 이 지긋지긋한 아르넨스 숲을 벗어난다. 다크엘프가 추격대를 보낼 때까지는 시간이 걸릴 테니, 그때부터는 다시 작전을 진행하면 되는 것이다.

잠깐 앉아 쉬면서 센마 생각 때문에 울적해졌다.

'결국 또다시 녀석을 빼내지 못했다.'

살고 싶다는 마음은 일깨워 줬지만, 센마는 트위스티드에 남아 버리게 되었다. 다음에 만날 때는 또 적일 것이다.

자기 의지와 상관없이 의무감으로 살아가는 삶. 그건 정말 행복한 걸까.

[평소엔 안 그러면서 감상적이시네요.]

레비가 딴죽을 걸어왔다.

"밤엔 다들 센티멘탈해지잖아. 물론 난 밤이란 게 꽤 싫은 편이야."

[왜요?]

나는 진솔하게 털어놓았다.

"경비병으로 일하다 보면 3교대로 근무하거든. 낮에 일하고 점심에 잔 다음에 새벽에 일하면 죽을 맛이야. 그래서 차라리 저녁에 일하고 정상적으로 쉬고 싶었…"

[다크엘프 두 마리가 2km 밖에서 흔적을 쫓아오네요. 빨리 튀죠.]

"……"

내 경험담을 주저리 늘어놓자 레비가 딴청을 부렸다. 나는 이 녀석이 기어오른다는 생각에 짜증이 났지만, 사실이었기 때문에 그냥 뛰어서 그 자리를 벗어났다. 마력을 사용하면 흔적을 추적당한다.

"아, 그러고 보니 신을 죽였는데 갓 슬레이어(God Slayer) 같은 칭호는 안 줘?"

[죄송해요. 사방신은 칭호를 뛰어넘은 존재라서 시스템으로 구현할 수가 없네요.]

"뭐 그럼 됐어."
나는 로망 하나가 깨진 느낌에 약간 실망했다.
타닷!
그렇게 아르넨스 숲에서의 혈전은 끝이 났다.

제7장

반갑지 않은 재회

내가 아르넨스 성채에 도착했을 때는 숲을 벗어난 지 두 시간이 지나서였다. 벌써 새벽이 다 되어 있어서 성 주변은 새카맣게 어두웠다.

 성 주변은 고즈넉하고 성채 앞에는 경비병이 없었다. 대신 한바탕 싸운 흔적과 파괴흔이 흉터처럼 남아 있었다. 시체가 없는 게 다행이다.

 '최대한 안 죽이는 쪽으로 갔구나.'

 나는 안심하면서 부유 주문으로 성벽 위로 떠올랐다. 내가 성벽에 발을 딛는 순간 찡 하는 느낌이 들면서 눈앞에 시스템 창이 떠올랐다.

 [경고! 알람(Alarm) 주문이 발동했습니다.]

 지이잉.

 바닥에 번개의 선이 생겨나더니 엄청난 속도로 성채

내부의 내성으로 질주했다. 침입자가 들어오면 시전자에게 알려 주는 알람 마법이다.

특별할 건 없지만 그 범위가 황당하다. 일행 중에 알람 주문을 사용할 수 있는 건 7클래스 마스터인 팔코스 경뿐인데, 그의 마력으로는 기껏해야 50미터가 한계인 것이다.

내가 빠르게 블링크해서 내성의 문 앞까지 가자, 기다렸다는 듯이 내 앞에 누군가가 텔레포트해 왔다.

쉬익!

"왔군!"

경탄하듯 말하는 건 팔코스 경이었다. 그는 만면에 미소를 짓고 있었다. 다친 구석도 없어 보였다. 팔코스 경이 말했다.

"갔던 일은 잘 해결됐소?"

"그럭저럭 잘 되었습니다. 그쪽은?"

내 반문에 팔코스 경이 내성의 옥상 쪽을 가리켰다.

"저 건물에 영주와 근위기사, 가신들을 가둬 두었습니다. 명령한 대로 성을 공격한 사실은 적에게 알려지게끔 해 뒀습니다."

특공대가 아르넨스 성을 제압한 지 두 시간 정도가 지났다. 아직은 주변 성에서 공격이 올 타이밍이 아니었다.

팔코스 경의 마음을 읽었지만 거짓말을 하는 건 아니

었다. 나는 특공대가 일을 잘 처리했다는 사실에 마음이 흡족해졌다.
"다친 사람은 없습니까."
"그게… 사실 처음엔 조금 고전했소. 그런데."
뭔가 말하려던 팔코스 경이 씨익 웃으며 팔을 안쪽으로 향했다.
"일단 들어와서 이야기하는 게 빠를 것 같소."
"그러죠."
나는 팔코스 경을 따라서 내성의 심층으로 갔다. 내성의 심층은 커다란 로비로, 원래는 성주와 가신들이 다 같이 모여서 작전과 행정을 의논하는 곳이다.
그곳에는 간이탁자가 놓여 있었고 특공대 전원이 모여서 앉아 쉬고 있었다. 팔코스 경의 말대로 다친 사람은 없었고 그나마도 생채기나 찰과상으로 보였다.
"왔다!"
"놈들의 작전을 알아냈소?"
"무사했네."
저마다 나를 보자 한마디씩 했다. 나는 씩 웃으면서 고개를 끄덕여 주었다. 내 생각대로 일이 풀리고 있어서 정말 다행이다.
그런데 특공대 중에서 처음 보는 인간들이 끼여 있었다. 전신을 로브로 감싸고 있는 3인조였다. 내가 의아한 표정을 짓자 팔코스 경이 웃으며 설명해 주었다.

"처음에는 레이크나그 양 덕분에 내성 앞까지 손쉽게 제압했지만, 소문과는 다르게 아르넨스 성에도 5~7클래스 마법사 10명이 포진하며 방어하고 있었소. 그래서 꽤 애를 먹었지."

"상당한 전력이군."

뭐 그럴 수도 있을 것이다. 이러니저러니 해도 이 아르넨스 성채는 수도 하라빈티아로 향하는 목구멍이고, 병력이 충원되어 있을 가능성도 높았다.

"그런데 이 세 분이 나타나서 우리를 도와주었소. 다들 엄청난 실력자라 순식간에 제압했지."

팔코스 경이 자기 입으로 엄청나다는 표현을 쓰다니. 마법사는 검사와는 다르게 함부로 수식어를 쓰지 않는다. 언제나 객관적으로 판단하려 하기 때문이다. 내가 새삼스러운 눈으로 그들 셋을 바라보자, 가운데 있던 자가 빙긋 웃으면서 내게 인사를 했다.

"반갑소. 나는 노로트(Noroht)라고 하오."

"……."

노레트하고는 한 끗 차이지만 다르다.

나는 상대의 정체를 알아채고 깜짝 놀랐다. 레벨업 창으로는 그의 진짜 이름과 레벨이 보였기 때문이다. 그랑시엘은 [사신의 보건]이라고 하는 특수한 아이템으로 자기 정체를 감췄지만, 노로트는 그저 변신 마법만 썼을 뿐이다.

금발 머리의 젊은 청년 노로트의 이름을 거꾸로 하면 Thoron. 즉 실제로는 9클래스의 변화 주문인 폴리모프(Polymorph)를 사용한 대마도사, 라그나로크 토르온 경인 것이다!

아까 안 보여서 어디로 도망쳤나 했는데 어느새 요새에 와서 특공대를 도와준 것이다. 나는 정체를 눈치챘다는 표시로 꾸벅 고개를 숙이곤 물었다.

"그가 부활했었는데 위험하진 않았습니까?"

노로트, 아니 토르온 경은 고개를 끄덕였다.

"부활한 순간 가공할 힘이 느껴지더군. 나 같은 자 10명이 있어도 못 버틸 거 같아서, 바로 자리를 벗어났네. 다행히 프론스티가 지쳐 있어서 일이 쉬웠어."

신의 마수에서 도망칠 수 있었던 건 순전히 토르온 경의 감각이 탁월했기 때문이다. 그는 부활이 느껴지자마자 신전을 벗어난 것이다.

그렇다면 나머지 두 괴인의 정체도 알 만하다. 내가 그쪽을 쳐다보자, 동방 육대고수 환룡(幻龍)이 반갑다는 듯이 손을 흔들었다.

"반가워. 나는 참고로 No. 3 일루젼 드래곤(Illusion Dragon)이다. 진짜 드래곤이 아니냐는 질문은 대답하지 않."

 말이 이상하게 끝났다. 내가 요상한 눈으로 바라보자, 옆에 있던 서드가 자신의 관자놀이를 지끈지끈 누르면서 전음을 보내 왔다.

―내 스승님은 동방 출신이라 서방 말이 익숙하지 않아서 그래.

 서드가 스승 때문에 고생을 많이 한 거 같다.

 "일루젼 드래곤님은 어쩌다 이런 곳에?"

 "사나이의 비밀인것다아긔."

 "……."

 왠지 유창하게 말하려다 보니 말이 꼬이는 현상 같다. 더 이상 말을 시키는 건 흑역사만 더하는 꼴이라서, 나는 상황을 정리하기 시작했다.

 "아무튼 내가 왔으니 바로 이 성채를 벗어납니다. 지금쯤 적들이 성으로 몰려오고 있을 거고, 이목은 충분히 쏠렸어요. 바로 지금이 기회입니다."

 내 눈이 번뜩였다.

 "하라빈타의 심장부, 수정천궁(Sky Scraper)을 칩니다. 이 전력이면 충분히 여유롭게 할 수 있어요."

 내 말에 좌중이 긴장과 흥분으로 가라앉았다.

 수정천궁!

 사룡 칼로스와 용병왕이 결전을 벌였을 때 외에는 단

한 번도 외적에게 침범당한 적이 없는 제국의 심장이다. 지금까지는 전초전이였다면 이제부터가 진짜 하이라이트다.

서드가 손을 들었다.

"그것 때문에 말인데, 제가 수정천궁의 정보를 알고 있습니다. 일단 제가 속한 곳에서 수 년간 제국의 정보수집에 나섰으니 기초 정도는 됩니다."

"그거 대단하군!"

쥬엘 경이 서드의 말에 솔직하게 감탄했다. 역전의 맹장인 쥬엘 경은 과거의 전쟁에서 수도 지척까지 진군했지만 제대로 제국의 정보를 모른다. 제국의 정보보안은 그 정도로 철저했고, 하물며 수도의 정보를 알아냈다는 것은 어려운 일이다.

"수정천궁은 다들 알다시피 제국수도 하라빈티아의 상공 300미터 지점에 떠 있는 거대한 부유궁전입니다. 평소에는 은신결계로 감춰져 있고, 중요한 행사 때만 그 모습을 드러냅니다."

그 정도는 모두들 알고 있는 상식이다. 이 세상에 존재하는 가장 막강한 마법건축물이다. 다들 서드의 설명에 집중했다.

"수정천궁에 들어갈 수 있는 방법은 제국 중앙청사에 있는 전이마법진으로 워프하는 것밖에 없습니다. 그냥 비행 주문이나 부유 주문으로 접근하면 결계에 걸려서, 몬스터 군단에 요격당합니다."

"역시 그렇군."

서드가 침중하게 설명을 이어 나갔다.

"하지만 중앙청사를 수비하는 병력은 평소에도 임페리얼 클래스의 고수만 최소 20여 명. 제국 각지에서 뽑힌 무예의 숙련자들입니다. 거기에다가 7클래스 이상의 상급 마도사들이 최소 열 명 이상 잠복하고 있다는 결론을 내렸습니다. 마족들도 다수 소환되는 걸로 알고 있고요. 일반병이나 근위병은 따로 말하지 않겠습니다. 만일 숨어든다면 말 그대로 일만 대군과 상대해야 할 겁니다."

"……."

임페리얼 클래스란 건, 소드 오오라를 내뿜는 마스터 나이트 직전의 경지에 있는 고수들이다. 하나하나가 쥬엘 경과 맞먹는 자들이다.

풍왕에게 맥없이 당했지만 쥬엘 경은 체인 롱소드의 달인이다. 만일 일반병을 상대로 한다면 혼자서 백인베기를 너끈히 할 수 있는 강자다. 그런 놈들이 겨우 건물 하나를 지키려고 우르르 몰려 있는 것이다.

토르온 경이 말했다.

"일단 중앙청사의 워프진에만 도달하면 내게 1분만 시간을 벌어 주게. 그러면 어떻게든 마법진을 해석해서 수정천궁으로 갈 수 있을 걸세."

"네. 믿습니다."

나는 고개를 끄덕였다. 토르온 경은 세계 최고의 궁극 대마도사다. 그를 믿지 않으면 이 세상 누구도 할 수 없었다.

머릿속으로 승산을 점쳐 보니 30퍼센트 정도였다. 물론 나는 전력을 다하겠지만, 이 작전은 처음부터 불리한 상태로 적의 본진에 쳐들어가는 특공(特功)이다. 30퍼센트도 높게 잡은 거다.

서드가 말했다.

"죄송하지만 저희로서도 수정천궁 내부 구조를 조사하는 건 무리였습니다, 리더. 말 그대로 드래곤이 아니고서는 탐색도 불가능한 곳입니다."

"아니 그걸로 충분합니다."

이 자리는 공석이라서 나와 서드는 아는 척을 하지 않았다. 나는 서드의 말을 가볍게 받아 주고는 모두에게 지시를 내렸다.

"지금 바로 하라빈티아로 텔레포트해서 중앙청사까지 잠복합니다. 그리고 중앙청사의 전방에서부터 후방의 워프진까지 돌격, 그대로 수정천궁 내부로 돌입합니다. 작전은 돌격부터 5분 내에 끝난다고 생각합시다. 그 시간을 넘기면 우리 모두 살아 돌아갈 수 없습니다."

"으음!"

5분을 넘기면 전멸이다. 그때 살아남을 수 있는 건 나나 토르온 경, 환롱 정도다.

내 설명이 끝나자 아스칼리온이 이해되지 않는 표정으로 말했다. 녀석은 기사지만 불합리한 일은 납득하지 않는 성격이다.

"한시가 급한 작전이라지만 어째서 굳이 청사의 정면으로 돌격합니까? 좀 더 빈틈을 찾아서 숨어들 수 있지 않겠습까."

그 말에 루시가 동의하는 기색이었다. 말은 장황하지만, 사실 내 작전은 어린애도 생각할 수 있는 수준이었다. 단순돌격일 뿐이지 않은가.

"바로 그렇기 때문에 돌격한다."

"네?"

"설명했듯이 청사의 수비 병력은 일 개 군단과 맞먹으니, 적들은 설마 대놓고 정면으로 올 거라고는 생각도 못 할 거야. 작전이 성공하면 제국수도 하라빈티아에 찾아오는 혼란은 엄청날 것이다."

"……!!"

아스칼리온이 침을 꿀꺽 삼켰다. 머리가 좋아서 내가 말한 걸 빨리 알아들은 것이다.

그렇다. 빙빙 돌면서 잠입을 하기에는 특공대 숫자가

너무 많고, 틈을 찾을 때까지 시간이 얼마나 걸릴지도 모른다.

어차피 성채를 장악한 시점에서 작전은 처음부터 끝까지 속전속결로 끝나야 한다. 그렇다면 적의 허에 허를 찔러 나가는 게 최상의 전략인 것이다.

쥬엘 경이 뭐가 웃긴지 클클 웃었다.

"허허허. 혹시 병법이라도 공부한 것이오? 그 대담무쌍한 전략은 훅스 공을 연상시키는군. 그분도 상식을 무찌르는 기책(奇册)으로 전신(WarLord)의 자리에 오르셨지."

"따로 공부한 건 없습니다. 그냥 살아오면서 터득한 요령일 뿐."

나는 가볍게 대답했다. 만일 이 자리에 훅스 씨도 있었다면 작전의 성공률은 50퍼센트를 넘어갈 텐데, 아쉽기만 했다.

파아앗!!

잠시 후 토르온 경이 손을 휘둘러서 허공에 텔레포트 마법진을 만들어 냈다. 옆에서 보고 있던 팔코스 경은 그저 머리를 조아리고 있었다.

생각해 보면 팔코스 경은 아무리 정체를 숨겼어도, 토르온 경의 진면목을 파악했을 것이다. 그는 토르온 경의 둘째 제자이기 때문이다.

아마 냉정하고 객관적인 팔코스 경이 이렇게 무모한 돌격 작전에 한마디 대꾸도 하지 않은 것도 그 때문이다. 라그나로크 토르온 경이 있는 이상 절대 실패할 리 없다는 생각을 하고 있는 것이다.

토르온 경이 팔코스 경을 바라보더니 말했다.

"거기 마법사 분. 작전이 시작되면 체인 라이트닝 아크를 중앙청사의 거울방벽에 쏴 주시게. 그것부터 해결하지 않으면 우리 힘은 무용지물이니."

"…사브… 아니 노로트 씨."

토르온 경이 째려보자, 하마터면 사부라고 할 뻔한 팔코스 경이 당황하며 말했다.

"거울방벽은 외부의 어떤 공격 마법도 반사해 버리는 결계인데, 체인 라이트닝 아크처럼 빠른 공격 주문을 쏴 버리면 그대로 저는 통구이가 될 겁니다."

"어허! 마법의 난반사 작용을 이용할 걸세. 자네 그동안 마법 공부 헛했구먼. 스승이 그렇게 가르치던가!"

"……."

토르온 경이 짐짓 호통을 치자 팔코스 경은 얼굴이 빨개졌다. 빙 둘러서 말하고 있지만 토르온 경의 본심은 다음과 같다.

'이 자식아! 평소부터 내가 가르쳐 준 건 어따 팔아먹

없어? 그렇게 간단한 것도 몰라! 백날 가르쳐도 쓸모가 없군.'

팔코스 경이 다급히 대답했다.
"아, 알겠습니다. 죄송합니다."
토르온 경은 싸늘하게 그를 한 번 쳐다보더니 이내 위협하듯 주먹을 불끈 쥐었다. 돌아가면 가만두지 않겠다는 뜻이었다.
"크흑."
팔코스 경은 중년의 나이에 사부에게 혼나야 한다는 생각에 눈물을 삼켰다. 불쌍하다.
일단의 소요가 끝나자 텔레포트 마법진에서 빛이 났다. 나는 모두에게 확인하듯이 얼굴을 한 번씩 둘러보았다.
모두 나까지 포함해 아홉 명의 특공대. 이제부터 모두 살아남을 수 있기를 바랄 뿐이다.
"그럼 갑니다!"
파아아앗!
빛이 터져 나오면서 시력이 잠깐 멀었다. 다시 모습을 드러냈을 때는 하라빈티아 성문 근처의 낮은 언덕이었다.
"……."
특공대는 말없이 성벽을 향해 움직였다. 토르온 경이 재빨리 모두에게 트루 인비지빌리티(True Invisibility)

주문을 걸었다.

특히 레인저 루시는 원래부터 조용하고 빠르게 움직이는 게 특기라서, 마치 유령을 연상시킬 정도로 기척이 없었다. 루시는 제일 먼저 성벽 앞에 도착하더니 밑에서 위로 다섯 대의 화살을 쏴 올렸다.

쒸잉!

퍼억!

비명 소리도 들리지 않은 채 적병 다섯이 절명해 버리고 말았다. 정확하게 미간을 꿰뚫은 것이다.

다들 그 재주에 놀라 버리고 말았다. 그냥 멀리 쏴서 맞춘 게 아니라, 10미터나 되는 성벽 밑에서 보지도 않은 채로 쏴서 미간을 관통한 것이다!

"대단한 실력이군."

루시는 씨익 미소 지었다.

"후훗. 제 실력도 레인저 부대 내에서는 평범한 수준이랍니다. 만일 레인저 마스터님이었다면 한 번에 열 놈을 잡으셨을 거예요."

"그자도 괴물이군… 허허."

쥬엘 경이 헛웃음을 지었다. 그사이에 모두들 부유 주문을 이용해서 소리 소문 없이 하라빈티아의 성벽을 넘기 시작했다.

웅성웅성.

지금은 새벽이다. 그런데도 여기저기에서 병사들이 분주하게 움직이는 걸 보면, 역시 이 근처 아르넨스의 습격 사실이 전해진 모양이다.

 푸르르르.

 전투마가 거세게 콧김을 내뿜었다.

 대로변에 기병이 잔뜩 몰려서 거창 자세를 취하는 게 보였다. 새까만 갑옷을 입은 정예병이 위압적인 살기를 뿜어내고 있었다.

 "저게 제국이 자랑하는 흑색창기병일세."

 "병력만으로는 한 5천 정도로 보이는군요."

 쥬엘 경이 씁쓸하게 웃었다.

 "저 흑색창기병단의 전투력이 폴커 보병단 3만과 대등하다네. 설마 아직도 저런 전력을 숨겨 두고 있을 줄이야. 과연 제국…."

 그 말에 모두들 위기감이 느껴졌다. 아무리 황도 수비대라지만, 저런 전력을 전쟁에서 남겨 두다니! 이번 작전이 실패하면 폴커 왕국은 단번에 멸망해 버릴지도 몰랐다.

 우리는 거리로 숨어들면서 빠르게 외성 안쪽으로 이동했다. 이곳은 제국민의 주거 공간이라서 아직은 큰 위협이 없었다. 중앙청사가 있는 근처는 거울방벽이라는 결계로 보호받고 있어서 진입할 수가 없다.

우우웅—

이내 우리는 거울방벽 앞까지 올 수 있었다. 벽을 등진 채로 조심스럽게 상황을 살피자, 경계가 삼엄하기 그지없었다.

상위 마물로 보이는 것들이 모두 강철 배갑옷을 입은 채 경계를 하고 있었다. 간간이 돌아다니는 흑색 갑옷의 기사는 모조리 임페리얼 나이트 급이었다.

'레벨 25 이하는 하나도 없구만, 이건 엄청난데.'

나는 속으로 혀를 내둘렀다. 최소가 레벨 25고, 이곳의 파수꾼 중에는 간간이 레벨 30도 보였다. 하나하나가 폴커 왕국의 최상급 기사와 맞먹었다.

그도 그럴 것이 중앙청사를 가드하는 경비들은 제국 각지에서 뽑혀 온 고수들이다. 이들이야말로 제국의 최정예인 것이다.

서드가 자신의 검을 뽑아 들며 물었다.

"리더. 어떻게 할 건가?"

나는 선택의 순간이 왔다는 걸 깨달았다. 그리고 차분하게 생각을 정리한 후 지시를 내렸다.

"먼저 팔코스 경과 노로트 씨가 아까 말한 대로 저 거울장벽을 제압해 주십시오. 그와 동시에 전원 돌격해서 청사 내부로 들어갑니다."

"알겠네."

나는 힐끔 청사를 올려다보았다.

"청사는 총 7층. 아마 워프진은 저 안을 싸그리 뒤져야 하겠지만— 제게 알 방법이 있으니, 저를 중심으로 떨어지지 마십시오. 알아내면 곧장 그 층으로 가면 됩니다. 위치를 잡죠. 마법사는 후방, 레인저 루시는 가운데에서 전후방을 지원. 전사들은 전방에서 적을 뚫습니다. 제일 선봉에 제가 서겠습니다."

"괜찮겠나? 저놈들은 장난이 아냐."

"제가 아니면 누구도 선봉에 설 수 없습니다."

내가 자신만만하게 말하자 모두들 수긍하는 기색이었다. 거기서 신뢰를 느꼈다. 그랑시엘이 빙긋 웃으면서 말했다.

"있지."

"응?"

"이번 일 끝나면 뭐 할 거야?"

"…그야."

나는 은근히 기대 섞인 그랑시엘의 시선을 알아챘다. 그리고 이 질문이 단순하지 않다는 걸 깨달았다. 나는 곧 식은땀을 흘리면서 대충 얼버무렸다.

"나중에 얘기하자."

"흥."

그랑시엘이 살짝 토라졌지만 나는 정신이 없다. 다들

보고 있는데 돌입 직전에 그런 질문을 하면 어떻게 하냐! 차라리 텔레파시로 하든가.

그게 애정 과시란 걸 깨달은 건 훗날의 일이었다.

다음 순간 골목에서 뛰쳐나온 팔코스 경이 수인을 완결 지으면서 거울방벽으로 손을 내뻗었다.

"체인 라이트닝 아크(Chain Lightning Arc)!!"

콰광!

주문이 뻗어 나가자 허공에서 괴상한 투명막이 생겨나더니 번개의 에너지를 흡수했다. 팔코스 경이 예상했다는 듯 이를 악물자 옆에 있던 토르온 경이 연속으로 주문을 외쳤다.

"리플렉트(Reflect)!!"

뻐엉!

팔코스 경에게 반사된 주문은 도리어 토르온 경의 실드에 닿자, 엄청난 기세로 그 기세를 키웠다. 처음의 10배 이상으로 증폭된 리플렉트 주문은 튕겨져서 거울 방벽에 날아갔다.

잠시 정적이 흐르더니 광대한 폭음이 울려 퍼졌다.

콰과과광!

후두두두….

거울방벽은 모두 이어져 있었는지, 하나가 부서지자

연속으로 붕괴되면 폭발했다. 그 때문에 생겨난 진동이 한순간 제도의 지반을 울리며 가벼운 지진을 발생시켰다.

"크윽, 뭐냐!!"

맨 앞에 서 있던 검은 기사가 당황하는 순간 아스칼리온이 달려들어 그의 목을 쳐 냈다. 아스칼리온의 실력도 만만한 게 아니라서, 저렇게 빈틈이 많으면 일격에 없앨 수 있다.

그걸 시작으로 내가 최전방에 뛰어들며 상위 마족과 기사들을 베어 나갔다.

"진·팔연참!!"

스카카칵!

이누타브 블레이드가 초음속으로 휘둘러지며 불꽃의 충격파를 발생시켰다. 내 음속의 검무가 끝나자 기사 셋이 허무하게 쓰러지고 말았다.

그걸 시작으로 특공대의 돌격이 개시되었다.

타다닥!

사방에 불길이 치솟아오르면서 아비규환이 펼쳐졌다. 대마도사 사제는 끊임없이 주문을 난사하면서 되도록 혼란을 부추겼다. 거기에다가 루시가 화살로 적의 틈을 노리며 명줄을 끊어 냈다.

까가각!

쥬엘 경의 활약은 특히 대단했다. 그의 체인 롱소드는

심지어 오우거 나이트의 츠바이핸더 검격과 일대일로 맞서며 전방의 라인을 굳게 수비했다. 쥬엘 경이 호기롭게 기합을 내질렀다.

"이야압!!"

동시에 소드라이트가 검 끝에서 길게 뻗어 나가더니 오우거의 상반신을 두 동강 냈다. 그 위업을 달성한 쥬엘 경에게 빈틈이 생기자 어느새 그림자 마물 섀도우들이 그에게 달려들고 있었다.

후와아악!

불꽃의 불사조가 날아들면서 그림자 마물들을 흔적도 없이 태워 버렸다. 쥬엘 경은 그랑시엘을 바라보며 고마워했다.

"목숨을 빚졌네!"

"조심하라고요, 영감님."

그랑시엘은 귀엽게 혀를 빼꼼 내밀더니 재차 전신에서 초능력을 끌어올려서 거대한 화염구를 만들어 내었다. 선홍혈이 발동하면서 불꽃의 온도가 흑색에 가까워졌다.

쿠구구궁.

검은 광선이 전방으로 발사되면서 반경 6미터의 공간이 뻥 뚫려 버리고 말았다. 다시 봐도 정말 엄청난 위력이다.

걱정한 게 무색할 정도로 특공대는 자유롭게 날뛰면서

청사를 손쉽게 제압했다. 나는 도중에 서드와 환룡이 소드 오오라를 전개하는 걸 보면서 아차 했다.

'저 둘이 있었구나.'

대륙 십대검호급의 두 검호가 있다. 내가 처음 예상했던 것과는 달리, 이 일은 생각보다 쉬웠던 것이다. 나는 마지막으로 저항하는 사령술사 하나를 검기 점혈로 제압했다.

파바박!

전신의 혈도가 검기로 찍혀 버린 사령술사는 공포에 질린 눈으로 나를 쳐다보았다. 그러더니 더듬거리며 말했다.

"너, 너희는 괴물이냐. 어떻게 이 중앙청사에 정면으로…."

"길게 얘기할 시간 없다!"

나는 단호하게 말하고는 그의 목에 검을 갖다 대었다. 검에 닿인 살 끝에서 피가 흘러나왔다.

"수정천궁으로 향하는 워프진은 어디 있냐? 말하면 네 목숨은 살려 주겠다."

"크으… 4층에 있다."

그 순간 나는 마인드 리딩을 발동시켰다. 이 사령술사도 레벨이 27이나 되는 녀석이지만, 그 정도로는 내 마인드 리딩을 막을 수 없다.

반갑지 않은 재회 311

'지하의 결계로 숨겨져 있지. 네놈들이 헤매는 사이에 증원군이 와서 너희를 끝장낼 것이다!'

나는 고개를 끄덕였다.

"지하군. 가르쳐 줘서 고맙다."

"어? 아니? 뭐? 4, 4층이라고."

내 말에 사령술사가 급격히 당황했다. 나는 놈의 반응을 아랑곳하지 않고 심문하듯이 물었다.

"거기에는 어떤 놈들이 잠복하고 있지."

"아무도 없다."

'드래코니안 실험체들과 비버리 마법 길드의 마법암살자들이 대기하고 있지. 네놈들의 숨통을 끊어 줄 것이다!'

"별게 다 있군. 암튼 가르쳐 줘서 고맙다."

"……"

사령술사는 이제야 내가 마음을 읽는다는 사실을 알아차렸는지 경악했다. 이래서 내가 아직 마인드 리딩을 포기할 수 없다. 저런 표정을 보는 게 재밌어서.

하지만 약속은 약속.

스각.

사령술사가 거짓말한 건 사실이기 때문에 나는 바로 목을 날려 버리고 말았다. 어찌나 깔끔하게 베었는지 블레이드에 피도 묻지 않았다.

우리는 빠르게 지하로 내려가기 시작했다. 청사의 지하로 향하는 게이트는 주문으로 감춰져 있어서 찾기 힘들었지만, 역시 마인드 리딩으로 심문하자 손쉽게 알 수 있었다.

타닷.

조금 내려가자 아까 사령술사가 말한 대로 용인(龍人)들과 괴상망측한 몬스터들이 여기저기서 튀어나왔다. 아스칼리온이 당황하며 외쳤다.

"우왓, 이것들은 뭐야!"

용인의 손톱 공격을 한 차례 막아 낸 아스칼리온의 몸이 뒤로 쫙 밀렸다. 아스칼리온의 힘도 만만한 게 아닌데, 용인의 힘이 40에 육박하기 때문에 밀리는 것이다.

뿐만 아니라 마법암살자들은 마개조로 자신의 육체를 암살에 적합하게 바꾼 놈들이었다. 시도 때도 없이 그림자나 벽에서 튀어나와서 단검이나 화살을 날리니 지옥 같은 공간이 만들어졌다.

"다들 앞으로 달려!"

나는 크게 한 차례 외친 다음 유니크 스킬, 네메시스(Nemesis)를 발동했다. 이누타브의 성기사만이 쓸 수 있는 권능이다.

선홍색 방어막이 일행의 몸에 걸리는 순간, 용인과 마법암살자들의 공격은 모조리 반사되기 시작했다. 모든 물리 마법 공격을 3배로 반사하는 실드이기 때문이다.

"쿠어어억!"

"끄엑!"

제 공격에 당해 버리는 놈들의 입에서 비명 소리가 작렬했다. 설마 이런 일이 생길 줄은 몰랐다는 듯 허망해했다.

우리는 마침내 모든 방해를 뚫고 워프진으로 보이는 둥근 원구 앞에 섰다. 원구에는 거대한 마력이 집중되어 있었다. 토르온 경이 확실하다는 듯 고개를 끄덕였다.

"맞네. 이걸 해독하면 수정천궁으로 올라갈 수 있어."

"제가 돕겠습니다."

팔코스 경이 나서자 토르온 경이 코웃음 쳤다.

"아서게. 이건 궁극 계열이라서 자네 실력으로는 방해만 돼."

"으, 죄송합니다."

"알면 수련이나 좀 열심히 하게. 마력이 딸려서 그깟 마물들 하나 제대로 처치하지 못하긴… 쯧쯧."

토르온 경의 핀잔에 팔코스 경의 얼굴이 붉어졌다. 스승의 눈에 제자는 언제까지나 어린애라는 게 사실 같았다.

토르온 경이 해독에 들어갔으니, 이제 1분 정도만 버티면 수정천궁 내부에 진입할 수 있다. 우리는 사방을 경계하면서 몰려오는 몬스터들을 하나하나 처치했다.

'1분쯤 버티는 건 일도 아니다!'

이제 수정천궁으로 올라가면 토르온 경이나 그랑시엘, 그리고 내가 궁극 주문과 초능력으로 심장부를 요격하면 그만이다.

수정천궁이 떨어지면 제도는 괴멸할 게 틀림없다. 그런 생각을 하자 희망이 보였다.

토르온 경이 당황해서 외쳤다.

"어? 뭐지?! 뭔가가 이리로 내려오고 있다! 엄청나게 강한 존재다!"

"……!!"

그 말에 이목이 원구 쪽으로 쏠렸다. 이미 토르온 경은 해석을 다 끝냈는지 원구를 통해서 백색 마법진을 만들어 낸 후였다.

하지만 그 마법진의 중심에서 검은 빛이 반짝이더니, 그 자리에 누군가가 소환되는 게 아닌가?

다들 깜짝 놀라서 그 소환된 자를 보았다.

쿠구구궁.

"건방진 인간들이군."

거대한 마력을 방출하면서 나타난 것은 흑발흑안의 미청년이었다. 그는 마치 뱀처럼 생긴 눈을 지니고 있었는데, 그 눈에서 흉폭한 살기가 뿜어져 나왔다.

반갑지 않은 재회

그를 시작으로 하나둘씩 적이 나타나기 시작했다.

백발백안의 미소녀, 청발청안의 미소년, 적발적안의 늘씬한 미녀, 마지막으로 금발금안의 괴인이 모습을 드러내었다.

그들은 하나같이 인간 세상에서 찾아보기 힘든 궁극의 미모를 지니고 있었다. 살아 있는 조각상처럼 아름다웠다. 그들에게서 가장 가까이 있던 토르온 경이 절망하면서 외쳤다.

"드, 드래곤!"

"강한 인간이여. 잘도 여기까지 쳐들어왔구나."

그렇게 홋 하고 웃던 흑발흑안의 미청년이 손을 휘둘렀다. 그러자 아무것도 없던 공간에서 흑색 마력탄이 튀어 나가며 토르온 경을 가격했다.

콰지직.

토르온 경은 세계 최고의 대마도사다. 하지만 재빨리 실드를 치며 물러섰는데도, 토르온 경은 상당한 부담을 느낀 표정이었다.

"웃. 역시 드래곤답게 대단한 마력."

상대는 최소한 성룡급 이상이다. 토르온 경이 멀쩡히 물러나자 그들의 눈에 이채가 떠올랐다. 백발백안의 미소녀가 흥미로운 듯 말했다.

"저들 중에는 둘만 모여도 성룡급을 상대할 수 있는

인간이 있구나. 폴커 왕국은 정말로 단단히 작정한 모양이다."

적발적안의 미소년이 몸집보다 더 커다란 대검을 꺼내들며 중얼거렸다.

"의미 없지."

"하긴 그런가?"

그들은 마치 소풍이라도 나온 마냥 떠들었다. 이어진 말에 모두의 얼굴이 좌절과 절망으로 물들었다.

"우리는 고룡의 자식들! 너희를 단 하나도 살려서 내보내지 않겠노라."

"……!!"

나는 이를 악물었다.

이놈들이, 바로 성왕에게 쫓겨서 하라빈타로 쫓겨 온 전설의 종족 드래곤!! 나는 이미 시스테마인과 므나쎄를 상대한 적이 있어서 익숙했지만, 다른 사람들은 반쯤 공황 상태였다.

드래곤만 다섯 마리. 둘은 성룡급이고 남은 셋이 말키스 급 드래곤이다. 이렇게 말도 안 되는 적이 나타나리라곤 생각도 못 했다.

수정천궁에 드래곤도 살고 있다는 걸 감안해야 했는데. 하지만 후회는 아무리 빨리 해도 늦었다.

그때 금발금안의 괴인이 씨익 웃으며 말했다.

"크크큭. 언젠가 찾아가려 했는데 역시 이렇게 제 발로 와 주는구나, 애송이!"

"너는."

이 목소리가 익숙하다. 전신을 시꺼먼 로브로 가리고 있던 자가 히끗 웃더니 자신의 폴리모프 모습을 바꾸었다. 폴리모프는 자유자재로 모습을 변화시킬 수 있는 주문이다.

슈르륵.

곧 모습을 드러낸 것은 익히 알고 있는 얼굴이었다. 나는 전에 없이 얼굴을 굳히면서 이누타브 블레이드를 거머쥐었다.

그는 마치 관옥으로 깎아 놓은 듯한 외모를 지닌 상아색 머리카락의 미남이었다. 붉은 옷과 어울리지 않는 노란 눈이 인상적이다. 전사는 아닌 듯 가냘픈 몸이었다. 시장의 불량배도 못 이길 것처럼 유약해 보인다.

하지만 나는 그에게 죽을 뻔했고, 작전을 잘 짠 탓에 간신히 이겼다. 지금은 천재라고 불리는 이놈이 얼마나 강해졌을지 모르겠다.

그가 유들유들하게 말했다.

"어디 실력이 얼마나 늘었나 볼까?"

나타난 것은 시스테마인. 용족의 천재이자 남방신 탈마히라의 사자였다. 그는 이미 몸 주변에 신기 벨페골

스타스트라이커의 분신체를 소환해 놓고 있었다.

최악이다.

우리는 졸지에 드래곤 떼거지로 모자라, 시스테마인까지 상대해야 하는 처지에 놓인 것이다.

〈『레벨업』 제7권에서 계속〉

레벨업

1판 1쇄 찍음 2010년 11월 4일
1판 1쇄 펴냄 2010년 11월 9일

지은이 | 크로스번
펴낸이 | 정　필
펴낸곳 | 도서출판 **뿔미디어**

기획 | 이주헌, 한성재
편집책임 | 권지영
편집 | 장상수, 이재권, 심재영, 조주영, 주종숙, 이진선
관리, 영업 | 김미영
출력 | 예컴
본문, 표지 인쇄 | 광문인쇄소
제본 | 성보제책사

출판등록 | 2002년 9월 11일 (제1081-1-132호)
주소 | 부천시 원미구 상3동 533-3 아트프라자 503호 (우)420-861
전화 | 032)651-6513 / 팩스 032)651-6094
E-mail | BBULMEDIA@paran.com
홈페이지 | www.bbulmedia.com

값 8,000원

ISBN 978-89-6359-707-2 04810
ISBN 978-89-6359-481-1 04810 (세트)

※파본은 본사나 구입하신 서점에서 교환하여 드립니다.

※이 책은 (도)뿔미디어를 통해 독점 계약되었습니다.
저작권법에 의해 보호를 받는 저작물이므로 무단 전재와 무단 복제를 엄금합니다.

http://www.bbulmedia.com